Lorenza Mazzetti · Der Himmel fällt

Lorenza Mazzetti

Der Himmel fällt

Roman

Aus dem Italienischen von
Viktoria von Schirach

btb

Titel der italienischen Originalausgabe: »Il Cielo Cade«
Erstausgabe: Garzanti Editore, Milano, 1961
Neuausgabe: Sellerio Editore, Palermo, 1993

Umwelthinweis:
Dieses Buch und sein Schutzumschlag wurden auf
chlorfrei gebleichtem Papier gedruckt.
Die vor Verschmutzung schützende Einschrumpffolie ist aus
umweltschonender und recyclingfähiger PE-Folie.

btb Bücher erscheinen im Goldmann Verlag,
einem Unternehmen der Verlagsgruppe Bertelsmann

1. Auflage

Satz: IBV Satz- und Datentechnik GmbH, Berlin
Druck: Presse-Druck, Augsburg
Bindung: Großbuchbinderei Monheim
Printed in Germany
ISBN 3-442-75055-5
www.btb-verlag.de

1

Aufsatzthema: »Schreibt, was heute passiert ist.«

Ausführung: »Heute ist der Duce in die Schule gekommen und hat uns gesagt, wir sollten mehr turnen, damit wir stark und tüchtig werden und bereit sind, wenn er uns ruft, unser großes Italien zu verteidigen, wenn der Krieg kommt.

Ich frage mich, ob ich meine Schwester Baby mehr lieben darf als den Duce. Weil ich nämlich Baby genauso lieb habe wie Jesus. Genauso wie Jesus, und Jesus habe ich ein bisschen mehr lieb als Gott, Gott genauso viel wie Mussolini, und Italien und das Vaterland weniger als Gott, aber mehr als meinen gelben Teddy.«

Nachdem ich mein Aufsatzheft abgegeben habe, studiere ich aufmerksam die Fotografie des Duce, die das Deckblatt meines Heftes mit dem Lehrsatz des Pythagoras ziert. Auf der Rückseite ist der König abgebildet, Seine Majestät Vittorio Emanuele III., König von Italien. Ich starre den Duce mit aller Kraft an. Ich starre ihm in die Augen, um sicher zu gehen, dass ich Recht habe. Ja, der Duce ist lieb.

Er taucht in verschiedenen Varianten auf, frontal, im Profil, mal trägt er einen Helm, mal einen Lorbeerkranz wie ein alter Römer. Auf dem Heft sieht man ihn mit nacktem Oberkörper inmitten von Bauern, die mit der Getreideernte beschäftigt sind. Auf einem anderen Heft ist der Duce von lauter Kindern umgeben, die als Figli della Lupa, Söhne der Wölfin, gekleidet sind oder als Piccole Italiane, Kleine Italienerinnen, so wie ich. Sein Blick ist gütig und durchdringend, genau wie der von Jesus inmitten der Kinderschar, der vorn auf dem Religionsbuch abgebildet ist.

Der Duce hängt auch über dem Kopf der Lehrerin, und darunter hängt das Kruzifix. Dann gibt es noch den Duce und den *Führer,* beide im Profil und einander anlächelnd. Der *Führer* ist der Anführer von Deutschland und der Freund vom Duce. Ich wäre auch gern eine Freundin vom Duce.

Meine Banknachbarin riecht nach Käse. Meine Schwester Baby ist in einer anderen Klasse. Sie riecht nicht nach Käse und auch nicht nach Schaf. Auch ich, die ich Penny genannt werde, rieche nicht nach Käse, aber wenn ich mit Pasquetta, Pierino, Zeffirino und Lea spiele, rieche ich nach Stall. Pasquetta, meine Banknachbarin, riecht manchmal auch nach Salami, wenn sie die Pausenbrote ihrer Mutter isst, aber ihr ständiger Geruch ist ihr eigener. Alle Kinder riechen nach Heu und nach Schaf.

Die Lehrerin hatte gesagt, wir sollen für den nächsten Tag einen Aufsatz über unsere Träume schreiben. »Schreibt, was ihr letzte Nacht geträumt habt.«

»Was hast du geträumt, Penny?«, fragte mich Lea.

»Lass mich in Ruhe, du dumme Gans.«

Lea fing an zu kichern, weil sie in meinem Heft etwas gelesen hatte, was sie zum Lachen fand. Ich weiß wirklich nicht, was das sein kann.

Mein ausländischer Name klingt seltsam inmitten der vielen Pierinos – Pierino eins, Pierino zwei. Ich schäme mich mit meinem weißen gestärkten Schulkittel, den glänzenden Schuhen, meinen sauberen Beinen, Hals, Ohren, inmitten dieser Kinder, die nach Stall riechen.

Lea stand auf.

»Frau Lehrerin! Penny hat von einer glatzköpfigen Madonna geträumt!«

»Eine glatzköpfige Madonna? Was erzählst du denn da? Sei still und setz dich hin.«

Lea hörte auf zu lachen.

»Die Madonna hat keine Glatze!«, sagte die Lehrerin. Sie ließ sich mein Heft bringen und strich die Seite rot durch. Auch ihr Gesicht war rot.

Ich brach in Tränen aus. Die Lehrerin machte mir

Angst, weil sie so rot und glühend war, sie sah mich streng an.

»Aber das habe ich geträumt.«

»Sei still.«

»Das stimmt, das stimmt! Ich habe es geträumt.«

Sie gab mir zwei schallende Ohrfeigen und stellte mich in die Ecke, mit dem Gesicht gegen die Wand. Später erzählte sie es dem Pfarrer.

»Im Haus dieses Kindes steckt der Teufel«, sagte der Pfarrer. »Wir müssen ihr helfen, wir müssen dafür sorgen, dass die Kleine und ihre Verwandten nicht in die Hölle kommen. Penny können wir retten, aber den Onkel? Er ist zu ewigen Höllenqualen verdammt. Penny, glaubst du an Gott?«

»Ich schon!«

»Aber deine Verwandten... dein Onkel...«, er beugte sich über mich, »der glaubt nicht an ihn, er schickt euch nie zur Messe. Wer nicht an Gott glaubt, ist dem Satan ausgeliefert.«

Wenn ich es recht bedenke, glaube ich auch, dass in dem Onkel manchmal, wenn er mich schimpft, der Teufel steckt.

»Sie müssen gerettet werden, diese beiden Geschöpfe und ihre Verwandten.«

Der Pfarrer sagte, dass die Seele des Onkels deshalb in Gefahr sei, weil er Jude ist, und das bedeute, dass er nicht an Gott glaubt und dass die Juden Jesus umgebracht haben. Um sie zu retten, müsse man kleine

Opfer bringen und sich kasteien. Jeder Verzicht, und sei er noch so klein, habe einen Wert. Mit vielen Opfern und Kasteiungen sei es möglich, für den Onkel wenigstens einen Platz im Fegefeuer zu ergattern, andernfalls wäre er zum ewigen Feuer verdammt. Dann erging sich der Pfarrer in der Beschreibung der verschiedenen Qualen, denen die Menschen ausgesetzt sind, die in die Hölle kommen. Es ist so schlimm, dass ich mich frage, wie die Verdammten es schaffen, an den Strafen nicht zu sterben.

»Stimmt es, dass sie mit zerschnittenen Füßen über Bohnen laufen müssen?«, fragte Zeffirino.

Von der Hölle ging der Pfarrer zu den verschiedenen Foltermethoden über, die es gab.

Die Schulglocke läutete, und wir sangen *Giovinezza*. Und dann *Il Piave*. Die Lehrerin will nicht, dass wir grölen und das Lied mit »Bumm-bumm« beenden. Aber wir grölten: »Der Piave raunte: Der Fremde, der bleibt draußen. Bumm-bumm.«

Ich frage mich, warum wohl der Kopf des Duce so schön kahl und glänzend ist, aber ich frage die Lehrerin lieber nicht, wegen dieser glatzköpfigen Madonna, von der ich geträumt habe und die genau genommen dem Duce ziemlich ähnlich sieht. Der Duce hat sogar eine Art Strahlenkranz um den Kopf, wie ein Heiliger.

Das Lied, das mir am besten gefällt, ist das von den »Kleinen Italienerinnen«:

Noi siamo l'alba d'or
vispe cresciamo all'aria e al sol
siamo d'Italia bimbe
desianti Italia far più grande ancor.

I nostri picciol cuor
picciol ma ardenti d'amor
come gli augelletti gorgheggianti
Iddio pregan: salva il Duce ognor.

(Wir sind die gold'ne Morgenröte
munter von Sonne und Luft
wachsen wir Töchter Italiens heran
und mehren Italiens Ruhm.

Uns're Herzen sind klein
jedoch sie brennen vor Liebe
wie trillernde Vöglein beten sie zu Gott:
Schütz uns'ren Duce zu jeder Stund'.)

2

Wenn die Schule aus ist, stehen Baby und ich so lange unter der Aufsicht des Hausmeisters, bis das Auto kommt, das uns zur Villa hoch fährt. Das Fehlen anderer Autos und die Tatsache eines Chauffeurs hat zur Folge, dass uns alle zusehen. Der Chauffeur lässt uns in den De Soto einsteigen, schließt die Türen und lässt den Motor an. Die Kinder fangen unweigerlich an zu winken, sobald der Wagen losfährt. Sie sehen ihm nach, bis er von der Landstraße verschwunden ist, um die steile Steigung zum Berg hinauf zu erklimmen. Die Fußgänger weichen zur Seite und ziehen ehrfürchtig den Hut, wenn man an ihnen vorbeifährt.

Baby und ich wohnen noch nicht so lange in der Villa. Der Chauffeur fuhr uns im De Soto hinauf, einem Wagen, dessen Inneres ganz aus Samt ist. Onkel Wilhelms Chauffeur hat goldene Knöpfe und eine Mütze und Koteletten und heißt Cosimo, und zugleich ist er auch Diener in der Villa.

Baby und ich haben großen Respekt vor ihm, fast

so viel wie vor dem Onkel. Baby und ich hatten den Onkel noch nie gesehen; Papa hatte uns von ihm erzählt, aber jetzt ist Papa nicht mehr da und Mama auch nicht. Sie sind im Himmel. Von dort schauen sie herunter, um zu sehen, ob Baby und ich auch so brav und artig sind, wie sie es sich wünschen. Sie sind deshalb dort oben, damit sie sehen können, ob wir brav sind.

Der Chauffeur sagt, dass Baby und ich zwei arme Waisenkinder sind, und bemitleidet uns, warum, ist mir nicht ganz klar. Aber es gefällt mir, dass die Leute zu mir »die arme Kleine« sagen und mir den Kopf tätscheln.

Es stimmt allerdings, dass uns jetzt, wo Mammina und Papa in den Himmel gegangen sind, abends vor dem Schlafengehen und morgens beim Aufwachen keiner mehr umarmt, und das so lange, bis sie wieder herunterkommen. Wann das ist, weiß ich nicht genau.

Die Ländereien des Onkels sind sehr groß, und Onkel Wilhelm würde mit seinem Pferd ein ganzes Jahr brauchen, um sie abzureiten. Jeden Tag reitet er zu einem Bauern und fragt ihn: »Wie geht's? Wie steht der Klee?«, und sie ziehen den Hut und sagen: »Habe die Ehre!«

Als Baby und ich dort oben ankamen, machten wir einen Knicks vor Tante Katchen, Papas Schwester, und sie nahm uns in die Arme, genau wie Marie. Annie hingegen ist eifersüchtig auf uns, das sagt Elsa, die Köchin, und will nicht, dass Tante und Onkel uns lieber haben als sie.

Deshalb sagte Annie auch, sobald wir in den Garten gingen, um mit dem Schaukelpferd und den anderen Spielsachen zu spielen, dass wir das nicht dürfen und dass das alles ihr gehört.

Deshalb zogen Baby und ich sie auch an den Zöpfen, weil sie uns nämlich gehauen und getreten hatte.

Annie schrie so laut, dass der Onkel kam und sagte: »Böse Penny, warum ziehst du Annie denn an den Zöpfen?« Annie heulte weiter, und der Onkel bestrafte uns, weil er sagte, dass es gemein war, Annie zu zweit zu hauen, da die Arme ja allein gegen zwei ist, und er hielt uns einen Vortrag über »Gerechtigkeit«.

Ich musste sehr weinen und flüchtete zwischen Elsas Knie, um mich trösten zu lassen, und Baby ebenfalls. Elsa riecht nach Zwiebeln, und ihr Goldkettchen mit dem Kreuz baumelt über ihrem Busen, wenn sie sich zu mir herunterbeugt, um mich zu umarmen, und ich habe das Gefühl, dass zwischen ihren Brüsten ein Tunnel ist, in dem ich mich gern verkriechen würde, während sie »Ave Maria …« singt und ihre Stimme zum Himmel emporsteigt.

Elsa wäscht uns und kämmt uns und zieht uns die weißen Schulkittel an und die großen hellblauen gestärkten Schleifen, und dann riechen wir wie frische Wäsche. Wie ich es hasse, wenn Elsa mir unbedingt Hals, Nase und Ohren waschen will. Baby schreit. In meinem Alter kann ich mich alleine waschen. Aber sie bleibt dabei, dass mein Hals schmutzig ist. Und ich sage: »Wo soll er schmutzig sein, Elsa? Wo?«

Dann steigen wir in den großen Wagen, und der Chauffeur fährt uns die steile Straße hinunter bis zur Dorfschule, die Rosa Maltoni heißt wie die Mutter des Duce.

Die Lehrerin hat uns sehr gut aufgenommen und hat allen Kindern gesagt, dass sie lieb zu uns sein müssen, weil wir keine Mama und keinen Papa mehr haben.

3

Der Onkel spielte Schach mit Tante Katchen. Tante Katchen ist Protestantin, und auch Marie und Annie glauben an Gott und an Jesus und sind Protestanten. Sie gehen jedoch nicht zur Messe, weil der Onkel das nicht will, denn der ist kein Christ, er ist Jude, das heißt, er glaubt nicht an Jesus.

Wenn sie Schach spielen, sitzen sie einander stundenlang gegenüber und sehen todernst aus. Ich habe immer Angst vor dem Onkel, eben weil er so ernst ist, und wenn er böse auf mich ist, fürchte ich mich vor ihm. Dann kann es passieren, dass er tagelang nicht mehr mit mir spricht. Meine größte Freude ist, wenn der Onkel sich herablässt, mit mir Schach zu spielen.

Elsa wusch uns die Hände und sagte: »Was stellt ihr nur mit der Tinte an? Ich glaube, ihr trinkt sie!«

Bei Tisch sprach der Onkel von seinen Geschäften, so kam es mir wenigstens vor, denn die Großen sprechen alle deutsch. Am Tisch saßen Maya, die Cousine des Onkels, und ihr Mann Pit, und dann noch Edith, die Schwester des Onkels und ihr Mann Arthur, und sie hatten ihren Pekinesen dabei. Tante Katchen unterrichtet uns in Englisch und Französisch, und deshalb nennen wir sie einfach Aunty. Wenn sie mit uns spricht, tut sie das immer entweder auf Englisch oder auf Französisch, und das ist lästig, weil man ihr in derselben Sprache antworten muss, dabei habe ich in Wirklichkeit schreckliche Lust, mich auf den Schaukelstuhl zu setzen. Doch Annie ist immer schneller als ich. Bei Tisch rutschen wir alle drei so lange auf unseren Stühlen herum, bis der Onkel sagt, wir können jetzt aufstehen. Dann springen wir alle zugleich hoch und stürzen uns auf den Schaukelstuhl. Dabei geht des Öfteren ein Teller zu Bruch.

Marie fragte mich, warum ich so rote Augen hätte. Ich sagte ihr, dass meine Augen deshalb so rot waren, weil ich von der glatzköpfigen Madonna geträumt hatte. Als ich sah, dass der Onkel und alle anderen, auch Aunty, losprusteten, war ich sehr beleidigt. Alle lachten und sahen mich an und sagten: »Die glatzköpfige Madonna!«, und fingen erneut an zu lachen. Aunty wiederholte den Satz auf Französisch und auf Deutsch, und die anderen mussten ihr den Rücken klopfen, weil sie nicht mehr aufhören konnte zu lachen und beinahe erstickt wäre.

Ich bin immer mehr überzeugt, dass der Teufel in der Villa steckt. Man muss alle retten. Marie und Annie und die anderen.

Marie lernt Geige, und Annie auch.

Marie mag ich gern, aber Annie finde ich nicht nett, weil sie Baby und mich immer ärgert; trotzdem will ich nicht, dass sie in die Hölle kommt. Wenn sie Lust hat, spielt Annie mit Baby und mir; andere Male zieht sie Maries Schuhe mit den hohen Absätzen an, und dann gehört sie zur Welt der Großen. Aber sie hängt immer noch an ihren Spielsachen und will auf keinen Fall, dass wir sie anfassen. Annie ist unglaublich stark, und Baby und ich sind machtlos, wenn sie kommt und uns die Pinienkerne klaut.

Marie hingegen ist lieb. Häufig kommen ihre Schulkameraden und spielen mit ihr Tennis. Von ihren Freunden mag ich Leonardo am liebsten. Auch deshalb, weil er manchmal mit mir Tischtennis spielt. Ich pflücke oft Blumen für Marie, die sie dann im Wohnzimmer und auch in den Gästezimmern aufstellt. Marie ist lieb, und ich will nicht, dass sie in die Hölle kommt. Doch das weiß sie nicht, und sie ist böse mit mir, weil ich die Porzellanlampe heruntergeworfen habe, die auf ihrem Schreibtisch stand.

»Geh weg, du Biest!«, schrie sie mich an, während sie die Scherben aufsammelte.

»Aber ich habe es nicht absichtlich getan.«

»Du und Baby, ihr zwei macht immer alles kaputt!«

»Das darfst du nicht sagen.« Und ich sammelte auch die Porzellanscherben auf. Es waren Rokokodamen, die ein Menuett um die Lampe tanzten.

»Du böses Mädchen«, sagte Marie.

»Alle schimpfen hier immer mit mir. Keiner ahnt, wie lieb ich dich hab. Wenn ich ein Mann wäre, würde ich dich heiraten...«

Nur Jesus und die Madonna wissen, dass ich kein böses Herz habe. Aber wenn Gott alles weiß, dann weiß er vielleicht auch, wer vor Gott da war?

Dann ist da noch Herr Pit, der Annie und Marie das Geigenspiel beibringt. Marie ist schon weiter und spielt bereits Corelli, während Annie nie den Ton trifft und nur mit knapper Not rechtzeitig zu Weihnachten *O Tannenbaum* und *Stille Nacht* lernt.

An diesem Abend bat Herr Pit Tante Katchen um einen Tanz.

Herr Pit hob sie hoch und ließ sie rechts und links herumwirbeln wie eine Puppe, während seine Frau Maya Klavier spielte. Maya gab uns erst heimlich Herrn Pits Bonbons und dann einen Kuss.

Herr Pit ist zwar sehr reich, aber er ist immer entsetzlich schlecht angezogen und trägt an Stelle eines Gürtels eine Schnur. Meistens macht er nicht einmal seine Hosenknöpfe zu. Katchen sagt, dass er sich nie wäscht, aber Onkel findet, er ist ein Original und spielt hervorragend Klavier. Herr Pit hat eine Leidenschaft für unseren Angorakater, der Giovanni heißt, und macht lange Spaziergänge mit ihm. Er redet auch ausführlich auf ihn ein. Wir schleichen ihm nach und belauschen ihn. Er sieht nicht gut, weil er kurzsichtig ist, und wir sitzen in den Büschen und machen: »Miauu! Miauuu!« wie der Kater.

Herr Pit spielt nicht nur Klavier und pfeift dazu die Geigenstimme, sondern er ist auch ein Bergsteiger. Zu seinen Wanderungen bricht er immer frühmorgens auf und ist angezogen, als ginge er ins Gebirge. In seinem Zimmer haben wir lauter Bonbons gefunden. Der gemeine Kerl! Nie gibt er uns welche davon ab! Aus Rache spiele ich ihm Streiche. Ich stecke sie zum Beispiel alle in den Mund und lege sie dann wieder auf das Nachtkästchen. Auch er spielt Schach mit dem Onkel, und wenn er verliert, schließt er sich in sein Zimmer ein und kommt weder zum Mittagessen noch zum Abendessen herunter. Der Onkel schickt ihm das Essen aufs Zimmer, aber er weigert sich aufzumachen, und isst nur seine Bonbons.

Eines Abends, als alle im Salon saßen und einem Konzert lauschten, stürzte Herr Pit die Treppe hinunter und erschien mit rotem Gesicht und vor Wut hervorquellenden Augen in der Tür.

»Genug! Genug!«, brüllte er zur allgemeinen Verwunderung. Und warf sich auf das Radio, schaltete es aus und hämmerte mit den Fäusten darauf herum.

Aber Herr Pit!

»Scheußlich!« Er setzte sich ans Klavier und spielte das Stück, das gerade übertragen wurde. Alle schwiegen. Herr Pit ist der Freund vom Onkel, und er darf alles, auch mit schmutzigen Händen am Tisch sitzen. Ich bin eifersüchtig.

Herr Pit spielte und spielte. Seine Hände glitten die Tasten hinauf und hinunter. Alle hörten gebannt zu.

Herr Pit hielt inne und warf den gestärkten Kragen und die Krawatte zu Boden. Dann fing er wieder an zu spielen. Das ganze Haus war voller Noten. Herr Pit schlug mit seinen Fingern auf die Tasten, als wolle er sich an ihnen abreagieren. Er hielt nochmals inne und warf sein Jackett zu Boden, dann spielte er wieder los, voller Wucht, biss sich auf die Lippen und zog schreckliche Grimassen dazu.

Alle anderen lauschten hingerissen. Ich wartete nur darauf, dass er sich die Manschetten und die Weste auszog. Einen Moment später flogen die Manschetten über unsere Köpfe hinweg und trafen Herrn Arthur, der seinen Kopf mit den Händen schützte.

Nach weiteren wütenden Hieben auf die Tasten beendete Herr Pit das Konzert und erhob sich.

»Wunderbar!«, sagte der Onkel. Die anderen applaudierten, während Baby und ich Herrn Pits Kleidungsstücke aufsammelten, die überall verstreut waren, und sie ihm brachten.

4

Unsere Köchin Elsa, Cosimo und das Dienstmädchen Rosa gehen jeden Sonntag zur Messe. In der Villa gibt es eine Hauskapelle, und der Pfarrer kommt, um dort die Messe zu lesen. Alle Bauern kommen auch, nur der Onkel geht nie hin und lässt auch uns nie gehen.

Rosa hat ein Techtelmechtel mit dem Bauern Nello, und Pierinos Mutter sagt, dass Nello sie so fest geküsst hat, dass sie jetzt ein Kind im Bauch hat. Sonntags duftet Rosa, an den anderen Tagen riecht sie nach Zwiebeln. Sonntags stellt sie sich vor den Spiegel, um sich fein zu machen, und Baby und ich sehen ihr zu.

Sie sagt: »Du liebe Güte, wie dick ich bin!«

Der Onkel will nicht, dass wir unsere ganze Zeit mit Rosa oder mit den Bauernkindern verbringen, er sagt, so lernen wir schlechtes Italienisch. Aber Baby und ich tun es trotzdem heimlich. Rosa trägt ein quietschrosa Kleid, und wenn sie dann so weiß gepudert ist, dass sie keiner mehr erkennt, geht sie.

Dann rennt sie noch einmal zum Spiegel zurück, um nachzusehen, ob alles in Ordnung ist. Wenn sie sich eine Stunde lang angestarrt hat, kriegt sie einen Blick wie eine Idiotin.

»Rosa, warum schaust du dich an?«

Sie sagt, ich solle ruhig sein, aber meine Ratschläge befolgt sie immer. Also hole ich den Kamm und kämme sie, und Baby auch, und wir drehen ihr Locken, damit sie noch hübscher aussieht.

»Jungfrau Maria, ist mein Kleid zu eng?«, fragt sie mich. »Soll ich mir die Rose hier an die Brust stecken?«

»Weiter oben.« Rosa steckt sie sich weiter oben an.

»Weiter unten.« Rosa steckt sie sich weiter unten an.

Währenddessen begutachtet sie ihren Bauch.

»Die Männer sind Schweine.«

»Was?«

»Alles Schweine, einschließlich Mussolini.« Sie knallt die Tür hinter sich zu. Ich habe Rosa gern, aber ich kann es nicht ertragen, dass man so über den Duce spricht. Ich weiß schon, woher sie diese Ideen hat, von Nello. Ich bringe Rosa um, wenn sie noch einmal schlecht über Benito Mussolini spricht.

Baby und ich sind immer auf den Bäumen, zusammen mit den Bauernkindern: Lea, Pasquetta, Zeffirino, Pierino. Hinter der Villa gibt es einen dichten

Lorbeerwald. Die meiste Zeit klettern wir auf den Ästen herum und spielen »Sturzflug«.

»Sturzflug« geht so, dass man sich erst von einem Ast zum anderen fallen lässt und dann mit einem Bauchaufschwung so an einen dritten Ast hängt, dass man mit dem Kopf nach unten baumelt und sich nur mit Knien und Füßen festhält.

Einmal fiel Baby dabei herunter und tat sich am Rücken weh. Das war vielleicht ein Schreck! Sie weinte.

»Tut es weh, Baby? Wenn du aufhörst zu weinen, schenke ich dir alle meine Pinienzapfen.«

Pasquetta brachte frisches Wasser, und wir machten ihr Umschläge aus nassem Sand und Blättern.

Jeden Tag kommt Leonardo. Er wohnt in der Nähe, auf einem Berg. Er reitet immer zu uns herüber. Ich fragte ihn, ob er auf Bäume klettern kann, aber er sagte nein. Also nahm ich ihn mit zum Lorbeerwald und sagte, ich wolle ihm den »Sturzflug« zeigen. Ich turnte vor ihm herum und machte Bauchaufschwung und hängte mich kopfüber an die Äste. Ich zeigte ihm auch, wie man »Engel« macht, mit weit ausgebreiteten Armen und den Kopf nach unten. Leonardo probierte es auch.

»Was machst du denn da oben?«, wollte Marie wissen, die ihn suchen kam. »Komm, der Tee ist fertig.«

Leonardo ging zur Villa hinüber, und ich blieb auf dem Baum sitzen und dachte, wie sehr ich ihn liebte.

Manchmal zeige ich mich nicht, wenn er kommt, weil ich böse gewesen bin und zur Strafe einen Streifen aus Papier um die Stirn trage, auf dem »méchante« steht oder »paresseuse« oder »menteuse«. Wenn ich nicht Französisch oder Englisch geübt habe, lässt Aunty mich den »chapeau d'âne« tragen, die Eselskappe, und dann schäme ich mich und verstecke mich auf dem Mispelbaum.

5

Gerettet werden müssen also Onkel Wilhelm, Tante Katchen, dann Marie, Annie, dazu noch die Gäste und der Pekinese. Und Baby und ich müssen auch noch gerettet werden.

Baby wusste noch gar nicht, dass der Teufel in unserem Haus steckt. Man musste es ihr sagen. Und wenn der Teufel auch in Baby steckt? Ich drehte mich plötzlich um und hatte den Eindruck, den Teufel in Babys Augen zu sehen. Man musste es ihr unbedingt sagen.

Baby stand unter der großen Eiche und bückte sich nach einer Libelle.

»Schau, Penny! Eine Libelle!«

»Das ist ein Grashüpfer!«

Baby beugte sich über den Grashüpfer. Und wenn der Teufel auch in Baby steckt? Ich drehte mich plötzlich um und hatte den Eindruck, den Teufel in Babys Augen zu sehen. Ich sagte es ihr. Dann drehten wir uns den Rücken zu und begannen zu zählen: »Eins! Zwei! Drei!«

Wir drehten uns ruckartig wieder einander zu und sahen einander in die Augen. Baby starrte mich mit gläsernem Blick an, ohne mit der Wimper zu zucken. Ich bekam Angst und fing an zu schreien: »Baby! Baby! Antworte doch!«

Aber Baby starrte nur noch eisiger.

»Baby!«, schrie ich und rüttelte sie heftig. Baby rührte sich nicht und ließ sich rütteln, ohne mit der Wimper zu zucken. Ich versuchte, sie zum Lachen zu bringen, aber Baby starrte nur mit teuflischem Blick zurück. Vor Schreck fing ich an zu weinen. Baby steht vor mir, und in ihr steckt der Teufel.

»Du bist der Teufel! Du bist der Teufel!«

Da sprang Baby um mich herum und strahlte mich an, um mich zu beruhigen.

»Penny, ich schwöre dir, dass ich nicht der Teufel bin!«

»Bist du es wirklich nicht?«

»Nein, Penny, ich schwöre es dir. Ich bin nicht der Teufel. Und du? Bist du es auch nicht?«, fragte Baby und sah mir in die Augen.

Ich sagte Baby, dass der Pfarrer gesagt hatte, dass der Teufel in den Onkel gefahren war und dass wir gute Taten vollbringen mussten, um ihn zu retten. Der Pfarrer sagt, dass jeder noch so geringe Verzicht wichtig ist und dass wir mit vielen Opfern und Kasteiungen den Onkel vielleicht vor der Hölle retten können. Der Pfarrer sagt, dass es in der Hölle echtes Feuer gibt, das wirklich brennt, und zwar für immer.

»Und es hört nie auf zu brennen?«

»Nie.«

»Was bedeutet nie?«

»Nie bedeutet immer. Der Pfarrer sagt, dass es da nicht nur das ewige Feuer gibt, sondern auch viele andere Qualen. Er sagt, einige Teufel lassen die Verdammten über Bohnen laufen, aber erst ritzen sie ihnen noch die Fußsohlen ein.«

Ich hatte seine Worte noch genau im Ohr, mit allen Einzelheiten. Der Pfarrer beschrieb uns die Folter mit dem Wassertropfen. Eine andere Methode, um die Menschen umzubringen, war, ihnen die Fußsohlen mit Salz zu bestreichen, so dass sie zu Tode gekitzelt wurden.

Beim Mittagessen fragte Baby den Onkel, ob es wirklich möglich war, sich zu Tode zu lachen. Der Onkel sagte ja, und erzählte, dass ein berühmter Schriftsteller namens Aretino sich buchstäblich totgelacht hatte.

Nach dem Essen gingen wir in den Garten.

»Wie stirbt denn der Onkel?«

»Ich weiß nicht. Gar nicht.«

»Nein«, sagte Baby, »er kommt nicht in die Hölle. Ich werde an seiner Stelle gehen.«

»Das geht nicht.«

»Dann gehst du eben.«

»Das geht auch nicht, weil so was das Jüngste Gericht entscheidet.«

Baby war beleidigt.

»Und wenn wir uns kasteien und gute Werke tun, kommt er dann trotzdem in die Hölle?«, fragte sie.

»Nein.«

»Dann stirbt der Onkel also nicht im ewigen Feuer?«

»Nein, er stirbt gar nicht.«

6

Also, was ist das Opfer?«

»So lange es geht auf einem Bein stehen zu bleiben.«

»Das ist doch kein Opfer. Wir müssen leiden.«

»Und wie leidet man?«

»So wie die Märtyrer.«

»Wir laufen so oft über dieses Distelfeld, bis unser Fleisch blutet!«

Lea, Pierino und Zeffirino blickten auf das »Stachelfeld«, wie wir es nannten. Es war ein Feld voller gelber, vertrockneter Blumen, von denen nur noch Dornen übrig waren.

Ich nahm Anlauf und rannte in die Stacheln, aber mitten drin blieb ich stehen, weil es so wehtat. Die anderen rührten sich nicht vom Fleck.

»Los!«, schrie ich und lief weiter, während mir die Tränen übers Gesicht liefen. Um den Schmerz weniger zu spüren, sprang ich. Am anderen Ende des Felds hielt ich an, schmerzgekrümmt. Die anderen waren noch mitten in den Stacheln. Sie standen da und trauten sich nicht vor oder zurück. Zwischen den Stacheln gab es auch Brennnesseln. Ich sah meine Beine an. Sie waren ganz rot und brannten. Jetzt kamen auch die anderen näher, springend und kreischend.

Schließlich waren sie da, einer nach dem anderen.

»Au, au!«, und sie wälzten sich am Boden.

Als Letzte kam Baby.

Ich sah Babys Beine an. Sie waren ganz rot, und überall in der Haut waren kleine Dornen stecken geblieben.

Auch Pasquetta zog ihr Kleid bis über die Oberschenkel hoch und zeigte uns ihre Beine: »Schaut mal!«

Lea wand sich am ganzen Körper.

»Das reicht! Das reicht!«, und sie legte sich feuchte Blätter auf Schenkel und Waden, um den Schmerz weniger zu spüren.

»Nein, es reicht noch nicht. Wir hatten gesagt, wir laufen zehnmal über das Feld, und jetzt haben wir es erst einmal getan.«

Ich begann wieder zu rennen, die anderen hinterher.

Die Dornen bohrten sich in unser Fleisch. Bei »Los!« begannen wir alle zu laufen und zu schreien wie die Wilden, um uns anzufeuern. Der echte Schmerz kam erst später, und es war der gleiche wie bei Brennnesseln.

Gegen Sonnenuntergang tauchte oben auf dem Hügel der Onkel mit seinen Gästen auf. Er rief uns zu: »Es ist spät! Penny, Baby, kommt ins Haus!« Er winkte uns. Zusammen mit den anderen ging er in Richtung Haus. Seine weißen Haare. Ich fühlte, dass ich ihn liebte. Ich sah meine rot gefleckten Beine an und trocknete Babys Beine mit noch mehr Lorbeerblättern ab. Baby weinte, und damit sie aufhörte, pflückte ich zwei oder drei Corbezzolo-Beeren und gab sie ihr.

»Ich bin nicht über das ganze Feld gelaufen«, sagte Baby.

Das stimmte, in der Mitte des Feldes war sie stehen geblieben und hatte nicht mehr vor noch zurück gekonnt.

»Du bist ja auch noch klein.«

Es dämmerte, und Zeffirino sagte: »Ich geh nach Hause, sonst krieg ich Prügel von meinem Vater.«

Da hörte man auch schon die Stimme von Zeffirinos Vater: »Zeffirinooo! Wenn du nicht sofort kommt, dann setzt's was! Verstanden, du Schlingel? Und Wasser holen musst du auch noch!«

Wenn Zeffirinos Vater böse wird, zieht er seinen Gürtel aus und rennt hinter ihm her und schreit und schlägt ihn mit dem Gürtel. Auch Leas und Pierinos Mutter gibt ihnen Ohrfeigen, wenn sie nicht mitarbeiten, und wenn sie dann wegrennen, zieht sie ihre Holzpantinen aus und wirft sie nach ihnen.

Ach, wie gern hätte ich, dass der Onkel mich mit dem Gürtel schlägt und mich ohrfeigt, anstatt mich vorwurfsvoll anzusehen und dann tagelang nicht mehr zu lächeln und mit mir zu sprechen!

Die Hausmädchen riefen uns, wir sollten in die Badewanne und danach zum Abendessen. Nach dem Abendessen wurden wir ins Bett geschickt.

Annie darf noch zehn Minuten länger aufbleiben als wir beide, weil sie älter ist, und deshalb sitzt sie wie eine Königin im Schaukelstuhl und wirft uns mitleidige Blicke zu. Wir küssen den Onkel, Katchen und Marie auf die Wange. Vor den Gästen machen wir einen Knicks.

Wenn ich böse gewesen bin, passiert es oft, dass ich dem Onkel einen Gutenachtkuss geben will und er sein Gesicht wegdreht und mich mit vorwurfsvoller Miene abweist.

An jenem Abend saß Annie auf dem Schaukelstuhl und stellte mir ein Bein, woraufhin ich mich in einem Anfall von Neid und Wut auf sie stürzte und sie an den Zöpfen zog. Als der Onkel das sah, ließ er mich am nächsten Tag zehn Seiten lang folgenden Satz in mein Strafarbeitenheft schreiben: »Ich darf die anderen nicht an den Zöpfen ziehen.«

Ich blätterte das Heft durch. Es war schon so gut wie voll. Darin standen lauter Sätze wie: »Ich darf nicht lügen.« »Ich darf den anderen keine Tassen oder Gläser an den Kopf werfen.« »Ich darf keine Kleider zerschneiden, nur weil sie mir nicht gefallen.« »Ich muss freundlich, gehorsam und artig sein.« »Ich darf keine Widerworte geben, wenn ich geschimpft werde.« »Man spricht nicht mit vollem Mund.« »Man guckt nicht durchs Schlüsselloch.« »Man stellt den Dienstmädchen kein Bein.« »Man zertrampelt nicht die Ähren auf dem Feld.« »Man beschmiert die Wände nicht mit Zeichnungen und Fingerabdrücken.« »Man wirft keine Fensterscheiben ein.« »Man lebt nicht auf Bäumen.« »Man spricht nicht laut.« »Man singt keine faschistischen Kampflieder, wenn der Onkel schläft.« »Man spielt nicht mit Bauernkindern.« »Man freundet sich nicht mit Dienstboten an.« »Man geht nicht mit Kleidern ins Bett.«

7

Die Großen spielten Kricket. Man konnte sie lachen hören. Aunty saß auf einem Liegestuhl im Schatten des Maulbeerbaums und las *Vol de nuit.*

Der Onkel hatte seinen Spazierstock mit dem goldenen Knauf bei sich. Edith malte einen Baum, ihr Mann Arthur saß neben ihr und rauchte seine Pfeife. Sie kommen von einer Villa in der Nähe und haben für uns Kleine weit weniger übrig als für ihren Hund Cipì, den sie wie einen König behandeln und der mich beißt, sobald ich mich ihm nähere.

Dann waren da noch die Gäste, ein älterer Herr, der groß und dick ist, mit rotem Schnurrbart und Brille. Er heißt Van Marlen und befasst sich mit Kunstgeschichte.

Er wohnt auf der anderen Seite des Berges. Er verbringt viele Stunden mit dem Onkel in dessen Arbeitszimmer, das voller Bücher ist.

Wenn er mit seinem Auto kommt, hält er immer unterhalb der Freitreppe an und spielt ein wenig Himmel und Hölle mit uns. Dazu malt man Kästchen mit Kreide auf den Boden und springt dann auf einem Bein darin herum. Er ist so groß und dick, dass er immer das zweite Bein zur Hilfe nehmen muss, und dann lacht und jubelt Baby.

Cosimo, der Diener, kam, um zu sagen, dass der Tee fertig war, und holte ihn weg, worüber Baby und ich sehr wütend waren. Annie folgte Herrn Van Marlen in den Salon, nicht ohne sich vorher umzudrehen und uns die Zunge herauszustrecken.

Edith malte den Baum. Edith wollte nicht, dass wir zusahen, wie sie malte. Das führte dazu, dass wir uns mucksmäuschenstill in der Krone eines nahe stehenden Baumes versteckten und die ganze Zeit, während sie malte, in den unbequemsten Stellungen verharrten, nur um zuzusehen, wie der Baum gemalt wurde.

Wir wussten, um wie viel Uhr sie mit ihrer Staffelei und ihrem Pekinesen kommen würde, und warteten auf sie. Ich betrachtete den Himmel zwischen den Zweigen und konnte so den verschiedenen Rufen der Vögel folgen. Lea konnte sie sogar nachmachen!

»Ich muss mal«, sagte Baby mit weit aufgerissenen Augen.

»Verkneif's dir!«

»Die dumme Kleine muss mal!« Pasquetta lachte so sehr, dass der Ast knarzte.

Von unserem Versteck aus konnten wir Edith sehen, ihr Bild und die Landschaft, die sie immer wieder übermalte.

»Ich halte es nicht mehr aus«, sagte Baby und pieselte.

Edith war tief gekränkt und würdigte uns keines Blickes mehr.

»Jetzt geht es schon viel besser, ich hatte das Gefühl, ich würde gleich platzen!«

»Blödmann!«

»Selber Blödmann!«

»Rattengesicht!«

»Selber Rattengesicht!«, sagte Baby und lief weinend weg. Sie tat mir Leid.

»Lass sie doch!«, rief Paquetta mir nach, als ich sie zurückholen wollte.

»Nein, nein ...« Ich fing an zu rennen. Ich konnte alles ertragen, nur nicht, dass Baby mich nicht mehr anlächelte. Wenn Baby böse auf mich ist, zieht sich der Himmel zusammen, die Sonne wird schwarz, und mein Herz gefriert.

»Baby, Baby!«, rief ich, während ich hinter ihr her querfeldein lief. »Komm, gib mir einen Kuss! Nur einen!«

Baby rannte weiter durch das Gras.

»Nein«, rief sie.

»Nur einen Kuss, Baby!«

Außer Atem blieb sie stehen.

»Gut«, und sie gab mir einen feuchten Kuss auf

die Wange. Dann rollten wir eng umschlungen den grünen Hang hinunter. Die anderen kamen auch und rollten ebenfalls verknäult durch das grüne Gras. Ich umarmte Baby ganz fest und dachte daran, dass ich Penny war und Baby Baby und nicht Penny. Warum bin ich Penny und nicht Baby? Und was wäre, wenn ich Baby wäre?

»Baby, findest du es nicht merkwürdig, dass du nicht ich bist?«

»Was?«

»Ich habe dich so lieb, dass ich einfach nicht glauben kann, dass du nicht ich bist. Keiner weiß, wer du bist, und du weißt nicht, wer ich bin.«

»Du bist Penny.«

»Ich fühle mich wie dieser Baum, und du, als was fühlst du dich?«

Baby sagte, sie fühle sich wie die Grille, die wir gerade zirpen hörten, und ich sagte, ich fühle mich wie die Schwalbe da drüben, und so ging es eine ganze Weile lang weiter.

8

Komm, wir spielen Doktor und Patient.«

»Wer ist der Doktor?«

»Ich«, sagte Pierino.

Also war Lea das Dienstmädchen, ich die Frau Smith, Baby der Herr Smith und Zeffirino und Pasquetta der Graf und die Gräfin, wie immer. Da klingelte es auch schon. Das Dienstmädchen ging aufmachen.

Es war der Arzt.

»Das ist der Arzt«, sagte ich und stellte ihn dem Grafen und der Gräfin vor.

»Ich bin Frau Smith, und das ist mein Mann«, sagte ich zum Arzt und zeigte auf Baby.

»Ein Stück Kuchen, Herr Doktor?«, fragte Pasquetta.

»Nein danke, Frau Gräfin«, sagte Pierino.

»Bitte«, sagte Baby, nahm eine Kaffeetasse und gab sie dem Doktor.

»Etwas Tee gefällig?«, fragte Lea.

»Danke, Frau Smith«, sagte Pierino und nahm ein

Puddingtörtchen, das ich ihm angeboten hatte, und tat so, als würde er es essen.

»Keine Ursache, Herr Doktor.«

»Essen Sie gern Puddingtörtchen?«

»Ja, Frau Gräfin, aber noch lieber mag ich Kringel.«

»Aber Herr Doktor, die gibt es doch nur zu San Giuseppe.«

»Noch ein Törtchen?«, fragte Lea Pierino.

»Nein danke.«

»Frau Gräfin, für Sie noch ein Törtchen?«

»Nein danke«, sagte Pasquetta und tupfte ihren Mund ab wie eine feine Dame.

»Frau Gräfin, so machen Sie ja lauter rote Flecken auf die Servietten!«, schimpfte Lea.

»Das macht nichts, dann wasche ich sie eben wieder«, sagte die Gräfin.

»Und was wird der Onkel sagen, wenn der Fleck nicht mehr rausgeht?«, fragte Baby besorgt.

»Haben Sie auch einen Onkel?«, fragte ich.

»Ja«, meinte Baby und fasste sich wieder. »Ich habe einen Onkel und eine Schwägerin.«

»Ich habe auch eine Schwägerin«, sagte die Gräfin.

»Geht es der Cousine Ihrer Schwägerin gut, Frau Gräfin?«, fragte Pierino.

»Ja, Herr Doktor, aber der Papa der Braut ist krank.«

»Noch ein Törtchen, Herr Doktor?«

»Ich bitte Sie, ich habe doch schon eines gegessen.«

»Nehmen Sie doch noch eines«, sagte das Dienstmädchen.

»Nein danke, ich esse nie nach dem Essen.«

»Aber jetzt ist doch Nachmittag.«

»Danke, aber es kommt mir vor wie nach dem Abendessen, so dunkel ist es.«

»Das Wetter ist schlecht«, sagte Baby und blickte in den vollkommen blauen Himmel. »Ja, Herr Smith, das Wetter ist schlecht«, sagte Pasquetta, schlug Tante Katchens Pelzkragen hoch und trocknete sich mit der Serviette die Schweißperlen ab, die die Sonne ihr auf die Stirn getrieben hatte. Dabei wischte sie sich auch den Puder und den Lippenstift ab.

»Sie verschmieren ja die ganzen Servietten mit Ihrem Lippenstift!«, rief das Dienstmädchen.

»Sei still, du bist doch das Dienstmädchen.«

»Herr Doktor, ich fühle mich nicht gut, bitte untersuchen Sie mich«, sagte ich.

»Ich fühle mich auch nicht gut«, sagte das Dienstmädchen.

»Ja, meine Frau fühlt sich nicht gut«, fügte Baby hinzu.

»Ziehen Sie sich aus«, befahl mir der Arzt.

»Möchten Sie Ihren Mantel ablegen, Herr Doktor?«

»Ja, danke.«

»Ein Törtchen, Frau Smith?«, fragte Zeffirino.

»Nein danke, ich bin doch krank.«

Ich legte mich aufs Sofa, und Pierino beugte sich über mich, um mich anzusehen.

»Machen Sie den Mund auf, Frau Smith.«

Ich machte den Mund auf wie eine Kranke.

»Husten Sie.« Er fing an, auf meinen Rücken zu klopfen.

»Wo tut es Ihnen weh?«

»Überall«, sagte ich mit klagender Stimme.

»Ziehen Sie sich ganz aus.«

»Alles?«

»Ja, alles«, sagte Pierino.

Der Doktor beugte sich wieder über mich und sagte dann zu den anderen: »Sie muss operiert werden.«

»Was ist es denn?«, fragte die Gräfin.

»Blinddarmentzündung.«

»Blinddarmentzündung!«, rief Zeffirino aus. »Die arme Frau Smith!«

»Wir müssen sie mit Äther betäuben«, sagte der Arzt. »Das mache ich schon, Herr Doktor.«

»Danke, Frau Gräfin.«

»Bitte.« Pasquetta tauchte eine Serviette ins Wasser und hielt sie mir unter die Nase.

»Nicht bewegen«, sagte Pierino, »sonst kann ich nicht operieren.«

»Ich halte sie fest!«, schaltete Baby sich ein und fesselte meine Füße mit einer Schnur an das Sofa.

»Danke, Herr Smith«, sagte Pierino.

Ich wehrte mich, weil Kranke sich immer wehren.

Pasquetta und Zeffirino hielten mich mit einer anderen Schnur an den Armen fest, während Baby dem Arzt das Messer und die Zange reichte.

Der Arzt beugte sich mit dem Messer über mich. Pasquetta hatte mich geknebelt, um mich zu betäuben, und die Gräfin presste die nasse Serviette so fest auf meinen Mund, dass ich beinahe erstickte. Währenddessen glitten die Hände des Arztes über meinen Körper und hielten schließlich an.

»Hier«, sagte er und operierte.

Ich wartete, bis Pierino mit der Operation fertig war.

»Geht es Ihnen jetzt besser?«, fragte der Arzt, als er fertig war.

»Ja, viel besser.«

»Dann können Sie sich wieder anziehen.«

»Jetzt komme ich dran!«, rief die Gräfin und zog sich aus.

»Ein Törtchen?«, fragte das Dienstmädchen.

»Nein danke, ich bin krank.«

»Guten Morgen, gnädige Frau, wie geht es Ihnen?«

»Schlecht«, sagte Pasquetta.

»Wo tut es denn weh?«

»Überall«, sagte sie.

»Dann bekommen Sie ein Klistier«, sagte der Arzt.

»Ja, Herr Doktor«, und die Gräfin nahm die entsprechende Stellung ein.

Dann war es Zeit fürs Abendessen, und Elsa rief uns zum Händewaschen und schickte uns ins Haus zum Essen.

9

Was willst du?«, schrie der Pfarrer Zeffirino an, der die Hand durch die Luft schwenkte.

»Herr Pfarrer … ich muss mal.«

»Jetzt geht es nicht.«

Dann sprach er weiter und sagte, dass Pasquetta und Lea und alle anderen den Katechismus lernen mussten, als Vorbereitung auf die Erstkommunion, und dass er ihn uns auch heimlich beibringen würde, statt Spielen.

»Man bedenke, wie schlimm es ist, wenn wir Gott, unseren Vater und Herrn, betrüben, der uns so viel Gutes getan hat, uns so sehr liebt und unsere unendliche, über alles erhabene Liebe verdient, unsere Treue …«

»Du schon wieder? Was ist denn?«

»Ich halte es nicht mehr aus.«

»Dann geh, aber komm sofort wieder zurück.«

Zeffirino huschte aus dem Klassenzimmer.

»Man darf nicht vergessen, dass die Leiden unseres Herrn Jesus Christus durch unsere Sünden verursacht wurden, und dass er wegen uns gegeißelt und blutig gepeitscht wurde; die Soldaten nahmen ihm seine Kleider weg und spielten auf seinem Umhang mit Würfeln. Sie brachten ihn zu Pontius Pilatus und fragten ihn: ›Sollen wir ihn kreuzigen oder Barrabas?‹ Und was meint ihr, dass Pontius Pilatus geantwortet hat? Barrabas? Nein! Pontius Pilatus ließ sich Wasser bringen und wusch seine Hände. Was hättet ihr an Pilatus' Stelle getan? Hättet ihr Jesus, den Sohn Gottes, kreuzigen lassen? Sagt schon!«

Er streckte uns seinen Finger entgegen und wartete auf eine Antwort aus der Klasse.

»Nein!«, sagte ich und stand mit geröteten Augen auf.

»Wirklich nicht?«, sagte der Pfarrer ärgerlich. »Auch Petrus, einer der Apostel, sagte zu Jesus: Ich werde dich nicht verraten, und dann verleugnete er ihn drei Mal in der Nacht, als er gekreuzigt wurde. Und drei Mal krähte der Hahn.«

»Ruhe!«, rief er in die Klasse. »Schwätzt nicht so viel, sonst kriegt ihr es mit mir zu tun!« Er faltete die Hände und ließ uns mit ihm zusammen wiederholen: »Mein barmherziger Retter, ich habe gesündigt, sehr gesündigt gegen Dich, aus meiner Schuld, meiner großen Schuld ...«

Wir sprachen alle mit.

»... habe ich mich aufgelehnt gegen Dein heiliges Gesetz und Dir, meinem Gott und Vater, meine Launen vorgezogen.«

Ich verstand diese Worte nicht richtig, ich suchte vergeblich nach einer Schuld und fand keine. Also schämte ich mich. Schließlich fiel mir eine ein, und es war die, dem Pfarrer nicht zuzuhören, wenn er betete und stattdessen an die Spiele mit Baby und den anderen auf den Feldern zu denken, und an die Grillen, die grün geboren werden und wie Maden aussehen, bevor sie schlüpfen. Danach legen sie sich in die Sonne und zirpen, wenn Lea sie am Bauch kitzelt. Lea weiß nicht, dass man vor Lachen sterben kann.

Wir wiederholten im Chor: »Hier bin ich, o mein geliebter Jesus, in Deiner allerheiligsten Gegenwart bitte ich Dich inniglich in meinem Herzen den Glauben, die Hoffnung und die Barmherzigkeit zu verankern und das Bedauern über meine Sünden und den Vorsatz, Dich nicht mehr zu kränken, während ich mit meiner ganzen Liebe und meinem ganzen Mitleid Deine fünf Wunden betrachte.«

An dieser Stelle drehte sich der Pfarrer zu uns, richtete den Zeigefinger auf uns und schrie: »Ihr seid schuld, dass Jesus gestorben ist! Für uns gestorben! Um unsere Sünden wegzuwaschen, verstanden?«

Er erhob die Stimme: »Am Tag des Jüngsten Gerichts wird er wiederkommen, und dann werden wir sehen, wer ins Paradies kommt! Denkt ihr etwa, dass es angenehm ist in der Hölle? Dort herrschen die Teufel, und wenn ihr dann keine guten Werke getan habt, wird es zu spät sein!«

Vor Zorn sprach er im Florentiner Dialekt.

»Und jeder noch so winzige Fleck...«, er zog die Finger zu einem Punkt zusammen, »wird noch zu sehen sein am Tag des Jüngsten Gerichts!«

10

Als ich in den Salon trat, saßen alle schon bei Tisch und warteten auf uns. Auf der Tischdecke stand eine wunderschöne Platte mit cremegefüllten Krapfen, bei deren Anblick mir das Wasser im Mund zusammenlief.

»Da ist sie ja endlich!«, sagte die Tante gleich.

»Was hast du getrieben? Warum ist dein Gesicht so schwarz? Wo ist Baby?«

»Ach, ganz in der Nähe im Lorbeerwäldchen«, erzählte ich und setzte mich an den Tisch.

»Und was tut sie da?«

»Wir haben sie gefesselt und Krieg gespielt.«

Onkel und Tante sprangen auf. Es begann zu regnen.

»Das war das Spiel, und deshalb mussten wir sie fesseln und uns die Gesichter schwarz anmalen, denn wir waren die Abessinier. Pierino war der Duce auf dem Pferd. Baby war als Kleine Italienerin angezogen und hat die Heldin gespielt.«

Die Tante sagte, dass Baby Angst vor Donner hat

und dass sie sicher krank würde und lauter solche Übertreibungen, nur wegen dem bisschen Kälte und Regen.

Ich ärgerte mich, dass es im Haus so drunter und drüber ging, und dass der Onkel sich aus einem so nichtigen Grund aufregte. Am Schlimmsten war, dass ich keine Krapfen essen konnte, weil ich nachsehen musste, wo Baby war, die ganz zufrieden und als Kleine Italienerin gekleidet die Heldin spielte.

Der Onkel sagte ganz schreckliche Dinge über mich, und die anderen wiederholten sie. Sie sagten, ich sei ungehorsam, aufmüpfig, verlogen, ein herzloses Kind. Dabei war ich ganz nass geworden, nur um Baby zu holen, und für mich gab es weder Verständnis noch Krapfen mit Cremefüllung. Ich wurde wie ein Hund auf mein Zimmer gejagt.

Es war peinlich, ihnen zuzuhören. Was sie über mich sagten, war so schrecklich, als könnte ich es nicht hören. Es war immer alles meine Schuld und nie die von Baby, nur weil Baby kleiner ist.

Der Onkel ist für die Gerechtigkeit. Der Onkel ist die Gerechtigkeit in Person. Ob die Gerechtigkeit ganz in den Onkel geschlüpft ist? Ist die Gerechtigkeit nicht eine Frau?

Ins Schlafzimmer gejagt wie ein Hund. Und Baby ist unten und isst Krapfen.

Da klopfte es an der Tür. Der Onkel wollte wissen, ob ich bereute. Ich antwortete nicht. Ich bereue nicht, weil ich unschuldig bin. Aber der Onkel wird das nie verstehen, weil er diesen Tick hat, dass er immer die Wahrheit sagen muss, und weil er die Frau Gerechtigkeit verschluckt hat.

Ja, der Onkel klopfte, aber ich machte nicht auf. Ich steckte den Kopf unter das Leintuch. Nein, ich bin nicht böse, nein, ich bin nicht gemein, nein, ich bin nicht undankbar, ich rühre mich nicht. Und wenn der Onkel die Türe aufbricht?

»Penny, antworte mir.«

Ich streckte den Kopf aus den Leintüchern hervor und brüllte: »Nein, ich bitte nicht um Entschuldigung, ich bin nicht böse, ich bin nicht böse, ich bin nicht böse!«

Der Onkel ging weg und befahl Marie, mich nicht herauszulassen, solange ich nicht hundertmal geschrieben habe: »Ich darf den Großen keine Widerworte geben, wenn sie mich schimpfen.«

Die Großen! Die Großen haben immer Recht, und wir Kleinen sind machtlos: Meine Wahrheit und meine Lügen sind nie wahr.

Dabei glaube ich an meine Lügen und bin auch felsenfest davon überzeugt, dass ich gut bin und nie etwas Böses getan habe, und ich will dem Onkel beweisen, dass ich ihn liebhabe.

Aber wie kann ich ihm das nur beweisen? Ich wäre bereit, mein Leben für ihn zu opfern, und er ahnt nichts davon.

Auch Baby hat gesagt, dass sie ihr Leben für den Onkel opfern würde, und ihre Seele ebenfalls.

Aber der Onkel hat nur geantwortet, dass es ihm lieber wäre, wir wären brav und artig und respektvoll. Ach, wie wünschte ich, der Onkel würde mich schlagen, statt immer nur zu grollen!

Der Onkel kam mehrmals zurück, aber ich war immer noch in meinem Zimmer verbarrikadiert und wollte keine Reue zeigen.

Später am Nachmittag, als ich Baby im Garten spielen sah und Hunger bekam, rannte ich plötzlich die Treppe hinunter und rief: »Ich bereue, ich bereue! Ich bin böse!«

Elsa machte mir ein Schinkenbrot und eines mit Käse, und ich lief hinaus, um Baby zu suchen. Als Baby mich sah, strahlte sie und gab mir ein paar von den Pinienkernen ab, die sie gerade geknackt hatte. Es hatte aufgehört zu regnen, und die Schnecken waren herausgekommen. Wir betrachteten die Schnecken, und Pierino sammelte sie ein, damit sie sich entleerten und später gegessen werden konnten.

Um dem Onkel eine Freude zu machen, setzte ich eine schuldbewusste und reuige Miene auf. Der Onkel sagt, man muss nur den Anfang finden, und dass es gar nicht so schwierig ist, brav zu sein, wenigstens ein paar Tage lang.

11

Wir trafen uns jeden Tag unter der großen Eiche, um Katechismus zu pauken.

»Wozu sind wir auf Erden?«

»Wir sind dazu auf Erden, dass wir den Willen Gottes tun, ihn lieben und ihm dienen, und uns im nächsten Leben im Paradies an ihm erfreuen.«

»Was ist das Paradies?«

»Das Paradies ist die ewige Freude an Gott, unserer Freude, und durch ihn an jedem anderen Gut, ohne irgendein Böses.«

»Das verstehe ich nicht«, jammerte Baby.

»Die kapiert aber auch gar nichts, Baby kostet uns nur eine Unmenge Zeit, sonst nichts. Mein Gott, die kann keine Minute stillhalten, dauernd muss sie den Ameisen nachlaufen! Das ist doch klar, wenn du nicht zuhörst, dann kannst du auch nichts kapieren«, sagte Pasquetta.

»Die Fliegen stechen mich«, sagte Baby.

»Gleich stech ich dich, wenn du nicht stillhältst und zuhörst.«

»Penny, erklär du es Baby, das ist doch so was von einfach... Es bedeutet, dass Gott im Himmel ist und wir auch da raufgehen und ihn lieben, ihm dienen und uns mit ihm freuen. Was gibt's denn da groß zu kapieren?«

»Weiter geht's«, sagte Pierino.

Da ich bäuchlings im Gras lag, hatte ich seine Füße fast in meinem Gesicht. Sie rochen nach Heu.

»Wer kommt eigentlich ins Paradies?«

Lea und Pasquetta antworteten im Chor: »Das Paradies verdient hat derjenige, der gut ist, das heißt, wer Gott liebt und sein treuer Diener ist und in seiner Gnade stirbt. Die Bösen, die Gott nicht dienen und mit der Todsünde sterben, denen gebührt die Hölle.«

Der Chor war zu Ende.

»Warum ist der Onkel denn böse?«, redete Baby dazwischen.

»Der Herr Padrone ist böse, weil er nicht getauft ist und weil die Erbsünde nur mit der Heiligen Taufe ausgelöscht wird, also ist er ein Sünder.«

»Und was ist die Erbsünde?«, fragte Baby noch weinerlicher und beleidigter.

»Die Erbsünde ist die Sünde, die die Menschheit begangen hat in... in...« Pasquetta wusste nicht mehr weiter.

Lea beendete den Satz in einem Atemzug: »Die die Menschheit in Adam, ihrem Urvater, begangen hat und auf jeden Menschen auf Grund seiner natürlichen Abstammung übergeht.«

Dann fügte sie hinzu: »Und da unter allen Nachkommen Adams nur die Heilige Jungfrau Maria davon ausgenommen ist, müssen wir zur Jungfrau Maria beten, denn sie ist ohne Sünde, vollkommen rein ... Seht ihr nicht, was für ein strahlendes Gesicht sie hat?«

Wir sahen uns die Madonna an, die in unserem Buch abgebildet war.

»Was für rote Lippen! Und ihre Augen sehen aus wie zwei Tautropfen!«, sagte Lea.

»Unter ihrem Fuß ist eine Schlange!«

»Ja, aber die tut der Madonna doch nichts, die zerquetscht sie mit ihrem Fuß, seht ihr?«

»Die Schlange ist der Teufel, der sie in Versuchung führt.«

»Ja, aber der Onkel ist gut und kommt ins Paradies«, sagte Baby.

»Der Herr Padrone ist Ausländer, das hat auch der Pfarrer gesagt, und er kommt in die Hölle, weil die Juden nicht an Jesus glauben und auch nicht an die Madonna.«

»Das stimmt nicht, Onkel Wilhelm kommt nicht in die Hölle.«

»Tut er wohl«, sagte Pasquetta. »Außerdem geht er nie zur Messe, weder er noch die anderen, und euch schickt er auch nicht hin, und er bringt euch auch nicht den Katechismus bei, und wenn wir nicht wären und ihn euch beibringen würden, dann kämt ihr beide auch noch in die Hölle.«

»Genau«, sagte Zeffirino und setzte eine ernste Miene auf.

»Ich habe Angst«, sagte Baby und brach in Tränen aus.

Pierino sagte: »Nein, die beiden doch nicht. Das hat auch der Pfarrer gesagt, die sind nämlich getauft worden, bevor ihre Mutter gestorben ist.«

»Erinnert ihr euch nicht an eure Mutter?«

»Nein«, sagte Baby.

»Und du, Penny? Erinnerst du dich noch?«

»Nein«, sagte ich und strengte mein Gedächtnis an. Aber meine früheste Erinnerung ist Baby. Baby und ich auf einer Terrasse und lauter Schwalben am Himmel. Ich weiß, dass das am Spanischen Platz war, und dass die Hausmeisterin Rosa hieß. Dort sind wir geboren. Papa war Direktor. Bis wir drei Jahre alt waren, wohnten wir dort, und die einzigen Erinnerungen, die ich habe, sind die Terrasse, die Dächer, die Schwalben und Autolärm. Die Wohnung war leer, und alles, woran ich mich erinnere, ist Baby. Papa war immer Direktor, und die deutsche Gouvernante stellte uns das Essen auf den Tisch und schloss uns in der Wohnung ein. Wenn es uns nicht schmeckte, stopften wir das Essen unter die Sofakissen. Die deutsche Gouvernante war jung und hübsch und hieß Lucy. Einmal waren Baby und ich auf die grüne Pergola, an der sich die Glyzinie hochrankte, geklettert. Wir waren schon ganz oben, als wir einen alten Mann sahen, der uns vom gegenüberliegenden Haus aus Zeichen machte und sehr ernst den Kopf schüttelte, wie um zu sagen: Nein. Um ihn besser sehen zu können, kletterten wir immer höher und lehnten uns hinaus und winkten. Da ging auf einmal die Türe auf und lauter Leute kamen auf unsere Terrasse und lächelten uns aufmunternd zu, wir sollten doch herunterkommen. Als wir uns endlich dazu entschieden, waren Baby und ich bitter enttäuscht von den vielen Prügeln, die wir bekamen, und fingen an zu weinen.

»Hat euch wirklich noch nie jemand zur Messe mitgenommen?«, fragte Zeffirino.

Mein Vater erschien mit einer großen Puppe, vor der wir Angst hatten, weil sie so groß war, setzte uns ins Auto und brachte uns zu einem Freund namens Ugo und seiner Frau Renata, die drei Kinder hatten und uns alle küssten und umarmten. Renata war der erste Mensch, der uns von Jesus erzählte.

Eines Tages setzte Renata uns in den Zug und brachte uns hierher zur Villa, zu Papas Schwester Katchen und Onkel Wilhelm, weil Papa zur Mama in den Himmel gefahren war, mit dem Auto.

Der Onkel umarmt uns nie, Annie ärgert uns, und Aunty zwingt uns zu schrecklichen Englisch-

und Französischstunden im Schatten der Steineichen, bei denen die Grillen laut zirpen und Lea und Zeffirino uns hinter den Büschen belauschen.

Renata sagte noch: »Seid schön brav und macht dem Onkel keinen Kummer«, und dann war sie weg.

»Also, euch beiden bringen sie zu Hause ja gar nichts bei. Erzählen sie euch nicht einmal von Adam und Eva?«

»Nein«, sagte Baby. »Nicht einmal von Adam und Eva.«

Eines Tages hatte Renata uns allerdings ein Gebetbuch gegeben, in dem Adam und Eva abgebildet waren und auch der Engel Gabriel mit dem Flammenschwert. Sie hatte es uns gegeben, bevor wir zur Villa gingen, und sie hatte uns gesagt, dass der Onkel sehr reich war und dass es für uns besser war, in der Villa zu wohnen, aber dass wir sie nicht vergessen sollten und Jesus nicht und den Engel Gabriel und den schönen Täufer Johannes.

»Wisst ihr wenigstens, wie viele Sünden es gibt?«

»Nein«, sagte Baby.

»Die Erbsünde, die vorsätzliche Sünde und die Todsünde.«

»Die Erbsünde wird durch die heilige Taufe ausgemerzt. Die vorsätzliche Sünde ist die, die man bewusst begeht, wenn man seines Verstandes mächtig ist. Die vorsätzliche Sünde kann zweierlei sein: eine lässliche Sünde oder eine Todsünde.«

Wir wiederholten das im Chor.
»Das verstehe ich nicht«, sagte Baby.
»Halt den Mund.«
Zeffirino sagte: »Auch der Teufel war früher gut, aber dann ist er böse geworden, und der Herrgott hat ihn vom Himmel runtergeworfen.«
Und Zeffirino schürzte die Lippen, um die Stimme des Teufels nachzuahmen, und sagte mit einer ganz hohen Stimme: »Ich geh schon da runter, aber du musst mir die Seelen schicken!«
»Und was hat die Madonna dazu gesagt?«, fragte Baby.
»Da gab es die Jungfrau Maria doch noch gar nicht! Die musste doch erst noch unseren Herrn Jesus Christus gebären, und der Engel war auch noch nicht mit der Lilie in der Hand zu ihr gekommen.«
»Die Geschichte geht so: Gott schuf Adam und Eva, und dann kam der Teufel, um sie in Versuchung zu führen, und sagte mit ganz hoher Stimme: ›Iss den Apfel, Eva, iss den Apfel, Adam.‹«
»Mit einer so hohen Stimme?«
Jetzt machte auch Pasquetta die Stimme des Teufels nach.
»So, genau so?«
»Ja, ja, genau so hat es der Pfarrer auch gemacht. Euch bringen sie wirklich nichts zu Hause bei. Erzählen sie euch nie etwas von Adam und Eva und dem Teufel?«

»Nein.«

»In der Villa steckt der Teufel, das hat der Pfarrer gesagt. Und der Herr wird in die Hölle kommen, weil er nicht getauft ist. Man kann sich auch als Erwachsener taufen lassen, Hauptsache, man tut es, bevor man stirbt.«

»Und wie macht man das?«

»Man schüttet Wasser auf dem Kopf.«

»Warum taufen dann nicht wir den Onkel?«

»Du bist doch kein Priester.«

»Wir können höchstens ganz viel beten und Messen für ihn lesen lassen.«

»Aber der Onkel ist doch nicht tot!«, schrie ich.

»Nein, aber wir können das tun, um seine Seele zu retten.«

»Gut, aber der Onkel ist doch so lieb, glaubst du nicht, dass Jesus ihn trotzdem ins Paradies lässt?«

»Nein«, sagte Pasquetta, »und selbst wenn Jesus das wollte, würde Satan kommen und ihn wieder herausholen und auspeitschen.«

»Auspeitschen?«

»Zuerst peitscht er ihn aus und dann steckt er ihn zu den anderen ins Feuer.«

»Echtes Feuer?«

»Natürlich, das hat der Pfarrer gesagt.«

Baby fing wieder an zu weinen.

»Und woher weiß der Pfarrer das?«

»Na hör mal, Penny, willst du etwa sagen, dass du

mehr weißt als der Pfarrer? Wozu wären denn dann die Pfarrer und Bischöfe da? Also wirklich …«

»Ich will nicht, dass der Onkel ins Feuer kommt!«

Ich begann zu schluchzen. »Ich will nicht, ich will nicht!«

Ich schlug auf Pasquetta ein.

»Jetzt beruhige dich mal. Der Onkel kommt ja nicht in die Hölle, wenn wir für seine Seele beten und Opfer bringen.«

»Die Juden haben keine Seele.«

»Eben, deshalb müssen wir ja auch Opfer bringen«, sagten alle.

»Genau, Opfer«, sagte Lea, »und je mehr wir leiden, desto besser ist es für ihn.«

12

Die Feder kratzte über das linierte Heft. Aufsatzthema: »Wir lieben Mussolini wie unseren Vater.«

Ausführung: »Ich liebe Benito Mussolini mehr als meinen Vater, weil mein Vater nicht da ist. Ich bin immer bei meinem Onkel, deshalb liebe ich Mussolini wie meinen Onkel.«

Dann fragte ich die Lehrerin, ob ich austreten darf. In der Toilette war ein schöner Blumenstrauß. Jeder von uns hatte auf seinem Pult eine kleine Vase für Blumen. Diese Vasen fielen ständig um, und das Wasser lief über die Hefte und ruinierte sie. Doch die Lehrerin wollte unbedingt den Verbandsführer beeindrucken, von dem man nicht genau wusste, wann er kam. Er konnte jeden Moment eintreffen. Vielleicht war er ja auch schon unten im Treppenhaus und kam gerade mit den anderen Herren herauf. Wenn er kam, war er plötzlich da in seiner Faschistenuniform. Er kam im Auto, gemeinsam mit anderen Herren. Das schwarze Auto war immer schlammbespritzt, wenn es vor unserer Schule hielt, und einmal war eine große Pfütze direkt neben dem Auto, und der Herr Direktor wurde böse, weil er sich die Schuhe schmutzig machte. An diesem Tag waren wir alle als Kleine Italienerinnen angezogen und die Jungs als Söhne der Wölfin, und wir sangen im Chor *Fuoco di Vesta che fuor dal tempio irrompi*. Die Lehrerin war sehr aufgeregt und sagte, wir sollten singen und nicht grölen. Wir grölten auch nicht, aber der Herr Direktor hielt sich die Ohren zu, als wollte er sagen, wir machten zu viel Lärm, und eine Frau war auch dabei, die Verbandsführerin, die uns musterte. Sie war ganz schwarz angezogen und hatte goldene Rangabzeichen an den Schultern.

»Du da, vortreten!«, sagte der Verbandsführer, aber ich wusste nicht, ob er mich meinte oder Pasquetta, und außerdem hatte ich Angst. Deshalb regte ich mich nicht. Aber er begann zu schreien: »Der Kartoffelsack da vorne rechts! Vortreten!«

Als ich Kartoffelsack hörte, kam mir der Verdacht, es könnte sich um mich handeln, und ich trat vor, und er sagte zu mir, ich hätte gelbe Schuhe an. Dabei hatte ich Marie und Elsa, als sie mich anzogen, gesagt, dass ich schwarze Schuhe brauchte, aber da kam der Onkel vorbei und sagte: »Die gelben sind schon in Ordnung.«

»Das stimmt«, sagte ich zum Onkel, »aber ich bin eine Kleine Italienerin, und ich will Gruppenführerin werden. Und ich will goldene Rangabzeichen haben und den Marschschritt angeben!«

Aber der Onkel sagte, ich sei klein und Italienerin, und das sei ausreichend, und ihm läge gar nichts daran, dass ich goldene Rangabzeichen hatte, und ihm wäre es lieber, wenn ich keine Lügen mehr erzählte. Und er sagte zu Cosimo, er solle uns zur Schule bringen.

Der Verbandsführer sagte: »Wer bist du?«

Die Lehrerin erklärte ihm, dass ich die Nichte des Gutsherrn war, und da sah er mich ganz anders an und sagte: »Grüße deinen Onkel von mir.«

Der Fahrer kam uns abholen, und das Auto verschwand hinter den winkenden Kindern auf der Landstraße und ließ eine Staubspur hinter sich.

Ich überbrachte dem Onkel die Grüße des faschistischen Verbandsführers.

13

Gestern habe ich nichts Böses getan, aber heute habe ich mein Kleid zerrissen. Also lief ich in die Küche und sagte Elsa, sie solle es mir gleich flicken. Elsa flickte es mir, aber in dem Moment, in dem sie fertig war, kam der Onkel herein und fragte mich, was ich in der Küche mache.

Ich sagte, ich hätte Durst gehabt, und das war gelogen, aber dann wollte er wissen, wer die Scheibe im Esszimmer zerbrochen habe. Ich sagte, ich sei es nicht gewesen.

Bei Tisch fragte Marie, wo ihr rotes Wollknäuel hingekommen war, und bevor ich ihr einen Tritt geben konnte, hatte Baby schon gesagt, dass wir es genommen hatten, um damit Ball zu spielen.

Die Miene des Onkels wurde ernst.

»Und wo habt ihr Ball gespielt?«

»Draußen«, sagte ich.

»Das Wollknäuel habe ich im Esszimmer gefunden«, sagte Marie zornig. »Ich habe euch schon so oft gesagt, dass ihr die Sachen der anderen nicht nehmen dürft. Warum sagst du dann, dass ihr draußen gespielt habt?«

Annie fing an zu lachen.

»Ich wollte ja drinnen sagen«, beharrte ich.

»Und warum hast du dann draußen gesagt?«

»Weil wir so getan haben, als wären wir draußen, obwohl wir im Esszimmer waren.«

»Also gut, aber ihr wart doch im Esszimmer und im Salon, denn der gläserne Fisch ist ebenfalls kaputt.«

»Ja, aber wir dachten, wir seien im Garten.«

Während der Onkel mit mir schimpfte und mich ohne Essen ins Bett schickte, fragte ich mich, warum er mich schimpfte.

Es stimmte, dass die Scheibe zerbrochen war und der gläserne Fisch ebenfalls. Aber gibt es im Wald vielleicht Scheiben? Gibt es in der Luft Fische aus Glas? Was kann ich denn dann dafür, dass diese Dinge kaputtgehen? Wir haben es nicht absichtlich getan, Baby und ich. Baby hatte beschlossen, dass der Salon der Garten war und das Esszimmer die Tenne. Ist es meine Schuld, wenn für den Onkel ein Salon ein Salon ist und ein Fisch ein Fisch?

Für uns beide war der Fisch kein Fisch, sondern ein Engländer oben auf einem Berg, und wir mussten ihn erschießen, und dann war er tot, weil die Kleinen Italienerinnen und Pimpfe den Berg erobert hatten.

Es stimmt nicht, dass ich kein Hirn habe und kein Herz. Und wenn, dann war es der Duce, der den Fisch kaputtgemacht hat, denn der Duce hat mitgekämpft im Salon.

Was es da für Annie zu lachen gibt, das wüsste ich wirklich gern. Ich freue mich bloß, dass Annie auch geschimpft wird vom Onkel, weil man bei Tisch nicht lacht, wenn der Onkel sich ärgert.

Währenddessen denke ich an den Tag, an dem der Onkel endlich erkennen wird, dass ich brav bin und dass meine Wahrheit wahr ist. Ich stelle mir schon vor, wie er mit ausgebreiteten Armen auf mich zukommen wird und mich küssen und herzen wird, was er jetzt nie tut.

14

Heute gingen wir in die Küche, wo Marie Waffeln mit Schlagsahne zubereitete, weil Annie heute Geburtstag hat, aber Marie warf uns raus, und deshalb gingen wir vors Haus und spielten »Schwarzer Korsar«.

Ich bin immer der Schwarze Korsar, und Annie ist immer die Frau des Schwarzen Korsaren und Baby der Freund des Schwarzen Korsaren.

Wenn Annie nicht mitspielen will und Baby und ich nur zu zweit sind, spielen wir Don Quijote und Sancho Pansa. Das Spiel besteht darin, dass wir mit unseren Pferden gegen die Windmühlen kämpfen. Ich vorn und Baby hinter mir. Ich stülpe mir eine Schüssel über den Kopf wie einen Helm, und wir reiten mit einem Besen in der Hand auf unserem Bernhardiner Alì.

Den *Don Quijote* hat uns der Onkel zu Weihnachten geschenkt.

Heute schenkte uns der Onkel *Die Kopfgeldjäger*, und alle zusammen gingen wir auf Herrn Pit los.

Zuerst verteidigte sich Herr Pit noch, aber dann ließ er uns auf seine überhebliche Art gewähren, weil er dachte, wir machten nur Spaß. Aber für mich war es gar kein Spaß, und wir fesselten ihn ganz fest an einen Baumstamm, indem wir mit einem Seil immer wieder um den Stamm herumliefen. Er hatte seine Brille verloren und konnte deshalb nicht gut sehen und weglaufen.

Ich kam auf die Idee, Lösegeld zu verlangen, und forderte alle Bonbons, die er in der Tasche und in seinem Zimmer hatte.

Doch jetzt ist der Onkel böse und spricht seit drei Tagen nicht mehr mit mir. Was kann ich nur tun, damit er mich wieder grüßt?

Irgendwann werde ich weglaufen aus diesem Haus, wo mich keiner küsst und umarmt. Alle werden sich freuen, dass ich nicht mehr da bin, und Elsa wird nicht mehr schreien, dass ich sie in der Küche störe oder dass das Huhn verschwunden ist (das hatte ich dem streunenden Hund gebracht, den Baby und ich gefunden haben), und Marie wird nicht mehr kreischen, weil ich Leonardo gesagt habe, dass sie in ihn verliebt ist; nur weil ich das in ihrem Tagebuch gelesen habe, ist es doch noch lang keine Lüge? Nein, ich habe die Wahrheit gesagt, und dafür bin ich bestraft worden.

Auch Annie wird nicht mehr böse auf mich sein, weil ich ihr nicht mehr ihren gelben Teddybären klauen werde, der mir so gut gefällt, obwohl er nur noch ein Auge hat. Das Auge habe ich ihm ausgerissen und Ginetta gegeben, gegen den bösen Blick. Weil jemand die Tosca, Ginettas Schwester, verhext hat, und jetzt isst sie nichts mehr.

Auch Baby wird ohne mich besser zurechtkommen. Aber was soll ich ohne Baby anfangen? Andererseits bin ich die Stärkere, ich könnte mich von Feigen und Trauben ernähren und arbeiten gehen, keiner würde mir mehr sagen, dass ich »undankbar« bin.

Die Großen denken, dass Kinder nicht leiden und dass ich kein Herz habe, nur weil der Onkel gestern, als er seine Post lesen wollte, mich seine Brille holen geschickt hat und ich sie beim Rennen habe fallen lassen, so dass sie kaputtgegangen ist. Aber ich flitze eben los wie ein Pfeil, sobald die Großen mir irgendeinen Auftrag geben!

Penny, hol doch mal deinem Onkel den Spazierstock, Penny, lauf schnell nach oben und hol das Schachspiel, Penny, hol die Brille, Penny, bringst du mir meinen Sonnenhut; sogar Annie betrachtet mich als ihren persönlichen Diener: Penny, hol mir die Boccia-Kugeln. Und dann schimpfen sie auch noch mit mir. Wenn die wüssten, was für düstere Gedanken mir durch den Kopf gehen, wenn sie sich so benehmen! Sie ahnen ja gar nicht, dass ich oft daran denke, mich umzubringen.

Wenn ich im Sterben läge, wären alle lieb zu mir, und Tante Katchen würde mir Kekse bringen und Elsa eine Tasse Suppe, und der Onkel würde mich in sein großes Bett lassen, und ich dürfte zwischen ihm und Tante Katchen liegen, und sie würden mich ganz fest umarmen, und ich wäre ganz froh und würde vor Rührung weinen.

Also habe ich auf einen Zettel geschrieben: »Ich hänge mich auf« und habe mich aufgehängt, aber da es mir einfach nicht gelingen wollte zu sterben, habe ich mich mit dem Strick um den Hals in dem Lichtschacht unterm Dach der Villa versteckt, von wo aus ich sehen konnte, wie sie nach rechts und links liefen, die Treppe hinauf und hinunter, in die Zimmer und wieder heraus: der Onkel, Elsa, Baby, Annie und die weinende Marie und Herr Pit.

Ich habe immer geahnt, dass Marie wie die Madonna ist, ein guter Mensch, und dass sie mich lieb hat. Aber Elsa ist böse, sie sagte nur: Dieses dumme Ding, was hat sie da wieder angestellt! Baby weinte nicht, weil sie wusste, dass ich im Lichtschacht versteckt war. Der Onkel tat mir Leid, und als er mich rief, kamen mir die Tränen. Aber stimmte es denn wirklich, dass er mich zurückhaben wollte?

Ich bekam langsam Angst, hinunterzugehen, ohne mich erhängt zu haben. Ich hatte zwar immer noch den Strick um den Hals, aber ich wusste nicht, woran ich mich hängen konnte.

Tante Katchen rief weinend: »Komm zurück, Penny!« Und da sie weinte und Marie ebenfalls und der Onkel und alle anderen währenddessen draußen herumschrien, auch Herr Pit, beschloss ich hinunterzugehen.

Der Onkel sah mir starr in die Augen, ohne ein Wort zu sagen. Katchen sagte weinend: »Warum hast du das getan?« Dann schloss sie mich in die Arme und sagte: »Geht es dir nicht gut bei uns?«

Da brach ich in Tränen aus und sagte, dass ich sie und Onkel Wilhelm so lieb hatte, und dass ich dachte, sie hätten mich nicht mehr lieb, weil ich ungezogen gewesen war, und ich sagte, dass Onkel Wilhelm mich nie in die Arme nahm, und ich kletterte auf seinen Schoß, und meine Tränen flossen seinen Hals hinunter. Da umarmte er mich ganz fest, aber gleich danach bestrafte er mich und schickte mich ohne Abendessen ins Bett.

Ich liebe Onkel Wilhelm mehr als den Duce, mehr als Jesus Christus und mehr als Italien.

15

In der Schule gibt es eine Theateraufführung. Jeder hat eine Rolle. Elsa und Rosa nähen Kostüme für uns. Baby spielt einen Engel und ich auch. Marie und Tante Katchen machen die Flügel. Auch ich kriege welche, aber Marie sagt, für einen Engel habe ich einen zu frechen Blick. Die Lehrerin ließ fragen, ob Annie und Marie bei der Aufführung Geige spielen und Baby und ich ein neues faschistisches Lied vorsingen könnten. Der Onkel findet es entsetzlich und verlässt jedes Mal den Raum, wenn Marie Annies Geigenspiel am Klavier begleitet und wir singen. Annie bildet sich sehr viel ein auf ihr Gefiedel; immer wenn es darum geht, Auntys Brille von oben zu holen, die sie ständig vergisst, oder etwas anderes Lästiges zu erledigen, dann sagt sie: Geht ihr beide, ich muss noch Geige üben. In Wirklichkeit übt sie nie und fährt lieber mit ihrem Fahrrad durch die Gegend.

Baby und ich haben beschlossen, sie mit aller Kraft zu verhauen.

Mit solchen Gedanken im Kopf kann man natürlich nicht gut einen Engel darstellen. Serenella und Piera Cuccurullo hingegen sind richtig gute Engel mit offenem Haar auf den Schultern. Sie sind in der dritten Klasse. Meine Haare sind kurz und dunkel. Wie gern hätte ich auch lange, glatte Haare!

Fabrizia aus der vierten Klasse spielt die Madonna, und hinter ihr stehen Engel, die im Chor singen. Einige Kinder sitzen auf den Bänken, andere haben Kränze im Haar. Ich bin in der zweiten Reihe rechts. Auch ich werde einen Kranz im Haar tragen, und Aunty wird in der ersten Reihe sein und eine Lilie in der Hand halten. Auf ein Zeichen der Lehrerin fangen wir dann an zu singen. Der Direktor wird auch da sein, er ist zugleich Bezirksvorsitzender der Partei. Annie, die die größte ist, wird als Kleine Italienerin angezogen sein.

Was der Chor singt, ist ziemlich schwierig, denn es ist das, was die Engel singen, und es wird immer höher, immer höher, nur dass ich nicht so weit hinaufkomme. Auf ein Zeichen des Herrn Direktor singen wir das Ave Maria, dann die faschistische Hymne, und dann stehen alle Engel auf und nehmen die Lilie, die sie in der Rechten hielten, in die Linke, und heben den Arm zum römischen Gruß. Auch Marie wird als alte Römerin verkleidet sein, mit einem Ährenbündel in den Armen, als Teil einer Darstellung der Göttin Cerere und der Reichtümer Italiens.

16

Unser Dienstmädchen Rosa treibt es im Wald mit Nello, und Pippone mit Beppa.

»Was tun sie, wenn sie es treiben?«

Zeffirino sagt, dass Pippone es jeden Abend hinter den Büschen treibt und dass er mich mitnimmt, wenn ich zusehen will. Beppa ist die Frau von Cencetti, der fünf Kinder hat, von denen einer Glitschi heißt, weil seine Haut ganz glatt ist.

»Wie treibt man es?«

Zeffirino sagt, dass man dazu nichts Besonderes braucht und dass es ganz, ganz einfach ist.

Als wir oben auf dem Hügel ankamen, wo wir Pippone suchen wollten, ging die Sonne gerade unter. Die Baumstämme waren auf einer Seite ganz rot vom Sonnenuntergang und auf der anderen schwarz. Ich hatte auch die Schuhe ausgezogen, und wie Zeffirino konnte ich Geräusche hören, die von weit hinter den Ginsterbüschen kamen, wenn ich nur dabei das Ohr ganz dicht an den Erdboden legte.

»Gehen wir nachsehen.«

Wir gingen bis zu dem Busch, hinter dem sie es trieben. Ich sah, dass ein Mann sich auf eine Frau gelegt hatte, das merkte ich daran, dass er vier Füße hatte und einen Kopf, der in dem Busch steckte.

»Sie sind tot, sie sind ja ganz still!«

»Pippone hat vier Beine!«, sagte Zeffirino und fing laut an zu lachen, aber ein Stein, der ihm an den Kopf flog, ließ ihn sofort wieder aufhören. Wir rannten den Hügel hinunter. Ich hatte gesehen, wie Pippone aus dem Busch auftauchte und uns anbrüllte und mit Steinen nach uns warf. Jetzt stand er oben auf dem Hügel wie ein Riese und schleuderte Steine in unsere Richtung.

»Hast du gesehen?«, fragte Zeffirino mit hochrotem Gesicht, als wir unten angekommen waren. »Sie haben sich geküsst.«

Im Hof waren Baby und Pasquetta und Lea und Pierino.

»Wir haben gesehen, wie Pippone und Beppa es treiben!«

»Wirklich?«, fragten alle zugleich.

»Sie haben sich geküsst!«

»Was tun sie denn, wenn sie sich küssen?«, fragte Baby.

»Sie berühren sich mit den Zungen.«

»Pippone und Beppa berühren sich mit den Zungen?«

»Ja, ja, sie berühren sich mit den Zungen«, sagte Zeffirino, »das habe ich selber gesehen.«

»Wenn sie es miteinander treiben, berühren sie sich mit den Zungen?«

Pierino sagte, die Flecken auf dem Mond seien zwei Verliebte, die sich küssen. »Hast du nicht gesehen, was die Verliebten auf dem Mond tun?«

»Nein«, sagte Baby.

»Dann zeige ich es dir ...« Pierino streckte die Zunge heraus und sagte zu Lea, sie solle ihre herausstrecken, und dann stellten sie sich gegenüber und ließen ihre Zungen aneinander stoßen. Lea tat einen Satz nach hinten und kicherte und sagte, Pierino habe sie mit der Nase gekitzelt.

»Ich auch! Ich auch!«, sagte Baby.

»Hier bin ich ...«, sagte Pierino und beugte sich zu Baby hinunter. Pierino und Baby berührten sich mit der Zunge, und dann berührten sich Pierino und Lea mit der Zunge, und dann stellten Zeffirino und ich uns gegenüber auf, um uns zu küssen. Aber dann fingen alle an, Grimassen zu schneiden und sich zu prügeln, und Pierino küsste mich, indem er mir das Gesicht und den Hals ableckte. Da leckte auch Zeffirino mir die Ohren ab, und wir versanken alle im Heu.

»Ich bin voller Läuse«, schimpfte Zeffirino.

»Noch einen Kuss!«

»Warte, ich krieg dich schon!«

Die Ähren waren beinahe so hoch wie Baby, und wir bahnten uns lachend einen Weg hindurch. Auf einmal sahen wir Pierinos Vater am anderen Ende des Felds, der uns lauthals schimpfte, dass wir sein Getreide zertrampelten.

17

Zum Schulfest kam wieder der Verbandsführer der Faschisten. Dann traten Baby und ich im Engelskostüm auf und sangen das Lied für den Duce. Es ging so: »Mussolini, Mussolini, mit Stock und mit Kanone, mit kühner und stolzer Miene, der Faschismus und die Nation werden über alle triumphieren.«

Auch Annie, die als Kleine Italienerin gekleidet war, trat mit der Geige in der Hand vor. Die Lehrerin war gerührt und ganz rot im Gesicht. Annie war auch rot, und ihre Hand zitterte. Sie begann zu spielen, aber vor Aufregung konnte sie die Noten nicht mehr lesen. Baby und ich sangen aus voller Kehle, damit der Herr Verbandsführer nicht hörte, wie falsch Annie spielte. Doch dann sangen wir beide auch falsch, weil Annie uns rausbrachte.

»Es lebe der Duce!«, sagte die Lehrerin, als der Verbandsführer gehen wollte.

»Er lebe hoch!«, schrien wir alle aus Leibeskräften.

Da drehte sich der Verbandsführer um und fragte uns ab.

Er ließ Zeffirino vortreten und fragte: »Welches ist der größte Fluss Italiens?«

Zeffirino überlegte einen Augenblick lang, dann flüsterte Cesira ihm zu: »Po ... Po ... Po.«

»Das Automobil!«, sagte Zeffirino.

»Der Po«, sagte der Verbandsführer erzürnt.

Dann kam Cesira dran.

»Was für ein Tier ist das Kamel?«, fragte der Verbandsführer.

Die Lehrerin lächelte Cesira aufmunternd zu. Sie hatte mit uns über das Kamel gesprochen, und wir hatten sogar einen Aufsatz darüber geschrieben.

Aber Cesira antwortete, dass das Kamel in der Wüste lebt und dass es, wenn es Hunger hat, seine eigenen Beine frisst, anstatt zu sagen, dass es von seinen Höckern zehrt.

Als wir in die Villa zurückkamen, erlaubte uns der Onkel, die Engelskostüme anzubehalten.

Am Sonntag sollte die Marienprozession stattfinden. Die Bauern würden sie von der Dorfkirche bis zur Villa tragen und wieder zurück.

Sie würden die Madonna auf den Schultern tragen und alle fünf Schritte eine Verbeugung machen lassen. Die Frauen würden singen: »Ave, Ave Maria«. Es stimmt wirklich, dass Pasquetta und Lea immer so laut singen, dass der Pfarrer sagt, sie grölen.

Am Sonntag kündigte der Pfarrer den Besuch des Bischofs im Dorf an; mir sagte es Lea, denn wir wurden nicht zur Messe geschickt. Sie sagte, der Bischof würde dem Onkel einen Besuch abstatten.

»Der Bischof hat einen Ring, der Wunder vollbringt, und man muss ihm die Hand küssen.«

»Dann kommt der Bischof wirklich zur Villa, extra um den Onkel zu besuchen?«

Lea sagte, das wäre, als käme der Heilige Geist ins Haus, und wiederholte, dass der Bischof einen riesigen Ring hatte, der Wunder vollbrachte. Baby sagte, sie wolle nicht, dass der Bischof die Villa wieder verließ, denn dann würde er auch den Segen wieder mitnehmen. Sie wollte alle ihre Spielsachen in einer Reihe aufbauen und segnen lassen.

»Warum kommt der Bischof zum Onkel, wenn der nicht getauft ist?«

»Vielleicht weiß der Herr Bischof das nicht.«

Die Villa war für den Anlass festlich geschmückt, und bunte Decken hingen aus den Fenstern. Katchen und Marie liefen von Zimmer zu Zimmer, um die Fenster zu schmücken. Der Onkel war wie immer in seinem Arbeitszimmer bei seinen Büchern. Er war reizbarer als sonst, und ich war mehrmals geschimpft worden. Alle liefen durcheinander, und alle redeten gleichzeitig.

Wir Kinder waren auf die Wiesen geschickt worden, um Blumen zu pflücken. Die sollten wir zu einem bunten Teppich am Fuß der Freitreppe zusammenstellen, dort, wo die Prozession kurz anhielt und die Madonna abgestellt wurde, bevor es wieder zurück ging.

Ein Windstoß lüpfte Babys Kleid jedes Mal, wenn sie sich bückte, um Blumen für die Madonna zu pflücken, und zwischen Mohnblumen und Ginster verschwand. Von Zeit zu Zeit tauchten ihre blonden Locken wieder auf, und sie kam auf uns zugesprungen, die Hände voller Veilchen und Zyklaminen.

Die Bauern hatten mit Lorbeerblättern »Ave Maria« auf die Auffahrt geschrieben. Die Leerräume sollten mit Blumen ausgefüllt werden. Das war unsere Aufgabe. Der Buchstabe A war mit lauter gelben Ginsterblüten gemacht und der Buchstabe M aus Veilchen und Mohnblumen. Elsa rief uns: »Kommt euch sofort umziehen!«

Sauber und mit Schleifen in den Haaren schickte sie uns wieder nach unten. Inzwischen sah man auf dem Hügel schon die Prozession. Allen voran die Carabinieri, dann der Pfarrer, der seinen Segen gab, dann die Ministranten, der Verbandsführer, die singenden Frauen und die weiß gekleideten Kinder, unter denen auch Pasquetta war. In dem weißen Kleid sah sie ganz anders aus als sonst. Sie sang und sah uns nicht einmal an ... und dann ... da war ... da war der Bischof und da ... die Madonna.

Unter einem Baldachin ganz aus Gold kam sie auf den Schultern der Männer langsam näher und verneigte sich währenddessen.

»Schau, die Madonna weint!«, sagte Zeffirino.

»Sie hat uns zugelächelt!«, rief Lea.

Ganz langsam schritt sie auf die Villa zu. Am Fuß der Freitreppe stand der Onkel, ganz in weiß gekleidet und mit einem großen weißen Schlapphut.

»Er sieht aus wie ein Heiliger«, sagte Pasquetta, als sie ihn sah.

»Wenn die Madonna ihm ihre Gnade erweist, ist er einer.«

Die Trompeten ertönten, und alle sangen noch lauter.

Die Madonna verneigte sich zum letzten Mal, dann drehte sie sich um und ging wieder zurück. Langsam verschwand sie am Ende der Auffahrt, die Prozession im Gefolge.

»Sie hat mir gewunken, und dir?«

»Mir nicht«, sagte ich traurig.

18

Marie war sehr aufgeregt. Sie bereitete die Erdbeeren zu, die für den Bischof bestimmt waren. Marie konnte die ausgefallendsten Gerichte zubereiten. Heute hatte sie beschlossen, die Erdbeeren zu pürieren und daraus Halbgefrorenes zu machen.

»Are you ready, Katchen?«, fragte der Onkel auf Englisch. Er sprach die meiste Zeit englisch oder, wenn er böse war, deutsch.

Der Onkel sagte mir, ich solle Katchen rufen, es sei schon spät. Katchen schickte mich in die Küche, um zu sehen, ob Marie fertig war, und nützte die Gelegenheit, um mich zum Zeichen ihrer Dankbarkeit in die Nase zu zwicken und mir ein paar Fragen auf Englisch zu stellen. Der Diener spazierte auf und ab und machte mich nervös; er musterte uns abschätzig und tat so, als sei er der Herr des Hauses.

Die Dienstboten und die Bauern waren alle in der Diele versammelt, denn sie wollten dem Bischof die Hand küssen. Das Auto des Bischofs fuhr vor.

Heraus kamen der Pfarrer, ein Mönch, noch ein

Pfarrer, und schließlich der violett gekleidete Bischof. Der Pfarrer geleitete ihn, und der Onkel ging ihm entgegen und gab ihm die Hand.

In der Diele warteten die Bauern und die Dienerschaft auf den Bischof, um ihm die Hand zu küssen. Baby, Annie und ich warteten ebenfalls. Der Bischof war eine mächtige Erscheinung, und ich hatte das Gefühl, in seinen Augen ein besonderes Licht zu sehen. Alle warfen sich ihm zu Füßen und küssten ihm die Hand. Er lächelte gütig und wohlwollend und streckte uns die Hand mit dem Ring hin. Der Bischof streckte Baby die Hand hin. Baby klammerte sich an die Hand und ließ sie nicht mehr los. Der Bischof schüttelte erst die Hand und dann den Arm, seine Miene verdüsterte sich. Baby klammerte sich fest und schluchzte: »Rette ihn, rette ihn«, aber man konnte es kaum verstehen. Der Bischof rüttelte noch einmal mit seiner Hand, aber es gelang ihm nicht, Baby abzuschütteln. Ich sah, wie der Onkel erzürnt vortrat und sagte: »Baby! What are you doing?«

Alle zusammen rissen wir Baby von der Hand des Bischofs los, der nun wieder lächelte und mit den anderen in den Salon ging.

Der Umhang des Bischofs war in der Diele geblieben, und die Bauern küssten ihn.

»Idiotin!«, sagte Lea zu Baby.

Baby sagte schluchzend, dass der Onkel nicht den

Ring des Bischofs geküsst hätte und deshalb nicht gerettet werden würde und dass sie nicht wollte, dass der Bischof die Villa verließ, ohne das Wunder zu vollbringen.

»Solange der Bischof in der Villa ist«, sagte Pasquetta, die ganz in Weiß war mit einem seidenen Haarband, »solange ist da auch der Heilige Geist.« Sie zeigte auf den Umhang des Bischofs, der im Vorraum hing.

Ich schlich in den Garten und lugte durch die halb geschlossenen Fensterläden in den Salon. Ich hörte, wie der Pfarrer den Onkel fragte, wieso er uns nicht zur Messe gehen ließ, obwohl wir doch getauft waren und unsere Eltern uns sicherlich hingeschickt hätten.

Darauf antwortete der Onkel ziemlich kühl, dass er diese Entscheidung uns überlassen wollte, wenn wir alt genug wären, um diese Dinge zu verstehen.

Als nun der Pfarrer sagte, es sei nicht richtig, nicht zur Messe zu gehen, unterbrach ihn der Bischof und meinte, die Güte Gottes sei unermesslich und würde früher oder später alles erhellen. Der Bischof sprach ganz sanft, wie ein Heiliger.

Cosimo kam herein und brachte die Erdbeeren.

Ich sah, wie Baby aus der Diele auf uns zu kam. In ihren Händen sah ich ein Stück violetten Stoff, der genauso aussah wie der Umhang des Bischofs.

»Ich habe ein Stück von seinem Umhang abgeschnitten!«, sagte Baby. »So wird der Heilige Geist nie mehr von hier weggehen.« Mit der Schere, die sie in der anderen Hand hielt, begann sie, unter dem Mispelbaum ein Loch zu graben.

»Hier grabe ich es ein«, sagte sie.

Am Abend schickte uns der Onkel ohne Essen ins Bett, und ich musste zwanzig Seiten mit dem Satz schreiben: »Man darf nicht die Kleider des Bischofs zerschneiden.«

19

Die Schulglocke läutete, und ich rannte hinunter, um Baby zu holen, die sich ihre Tasche von Zeffirino tragen ließ.

»Schau mal!«, sagte Baby und streckte die Zunge heraus.

»Baby, schau mich an!«, sagte Pierino und streckte seine Zunge heraus.

»Welche ist länger?«

»Penny, zeig mal deine.«

Ich streckte meine Zunge heraus, aber Zeffirino konnte es besser, denn er schaffte es, mit der Zunge seine Nasenspitze zu berühren.

»Die gnädigen Fräulein mögen kommen, der Wagen ist da.«

Auf dem Heimweg hörten wir ein Geräusch aus der Ferne, wie ein Gewitter.

»Regnet es?«, fragte Baby den Chauffeur.

»Nein, das ist die Kanone.«

Ich bin sehr traurig, weil der König den Duce ins Gefängnis gesteckt hat, und dann ist sein Freund

Hitler gekommen und hat ihm geholfen, und jetzt spricht der Duce im Radio gegen die Verräter.

Ich erkenne seine Stimme nicht mehr, sie ist ganz verändert und spricht jetzt von Ausharren und nicht mehr von Siegen. Ich erinnere mich noch an eine Rede vom Palazzo Venezia. Das Radio sagte: »Da ist der Duce, er nimmt gerade die Parade der Soldaten ab, da – der Duce, er läuft nicht, er fliegt. Da ist der Duce, jetzt hat er die Parade abgenommen und schreitet stolzen Schrittes auf die Parteiführer zu, die kaum mit ihm mithalten können. Der Duce streift die Erde nur, sein Blick ist erhaben, er lächelt, steigt die Stufen empor, die Parteiführer kommen kaum nach, so schneidig ist sein Tempo. Da, der Duce ist auf dem Balkon angekommen, er tritt vor und grüßt die jubelnde Menge!«

Der Onkel saß missmutig in seinem Sessel.

Wie schön der Duce spricht! Seine Stimme klingt voll. Seine Rede wird in regelmäßigen Abständen von Zwischenrufen unterbrochen.

»Denn das faschistische Italien . . .«

Jubel.

»Ich sage, das faschistische Italien . . .«

Jubel.

»Lässt sich nicht unterjochen. Wir werden siegen!«

Jubel.

Wir riefen auch.

»Es lebe Italien!«, rief Annie aufgeregt.

»Es lebe der Duce! Es lebe Italien!«, riefen Baby und ich.

»Sollen wir die Fahne aus dem Fenster hängen, Papa?«, fragte Annie.

Der Onkel antwortete nicht.

Ärgerlich wandte sich Annie zu Marie und Katchen: »Die Fahne, Mama!«

»Raus mit euch!«, rief der Onkel sehr ernst. »Ihr macht zu viel Lärm.«

Wir drei liefen hinaus auf den Vorplatz und sangen aus voller Kehle faschistische Kampflieder. Ich wünschte, der Duce könnte uns hören! Dann wüsste er, dass wir auf seiner Seite sind, dass er auf uns zählen kann, dass wir stolz darauf sind, Kleine Italienerinnen zu sein, und dass wir notfalls auch unser Blut für die faschistische Revolution vergießen würden.

In der Schule sagte uns der Verbandsführer einmal, dass der Duce Italien von den Bolschewisten befreit habe, die rote Hemden tragen, fluchen und immer auf den Boden spucken.

»Spielen wir Krieg!«

»Ich bin der General, und du?«

»Ich bin Fabio Fabrucci vom dritten Infanterie-Regiment«, sagte Pierino.

»Danke, Hauptmann, für Ihre Bemühungen. Haben Sie den Feind aufgespürt?«

»Jawohl, Herr General, ich habe ihn gesehen und von hinten umzingelt.«

»Tatsächlich? Ohne dass er Sie gesehen hat?«

»Jawohl, Herr General.«

»Wo sind die Gefangenen?«

»Hier, Herr General.«

Mit erhobenen Händen kamen sie einer nach dem anderen herein. Zuerst Baby, dann Zeffirino, Lea, Pasquetta und Angelo.

»Hände runter!«, sagte der General.

»Gott verfluche die Engländer!«, schrie Pierino.

»Und jetzt erzählen Sie uns Ihre Heldentat, Herr Hauptmann.«

»Das war so, Herr General. Ich hielt gerade Wache, da sah ich plötzlich den Feind. So, so, der Feind, dachte ich.«

»Woran haben Sie gemerkt, dass es der Feind war?«

»Das hat mir der Herr General gesagt.«

»Wissen Sie denn nicht, dass der Feind immer rote Hemden trägt und Bolschewist ist?«

»Doch, Herr General, und außerdem flucht er.«

»Haben Sie ihm gesagt, dass er nicht fluchen und auf den Boden spucken darf?«

»Jawohl, ich habe ihm gesagt, dass er nicht fluchen darf.«

»Gut, und was haben Sie dann gemacht?«

»Nachdem ich den Feind gefangen genommen

habe, habe ich die italienische Fahne geholt und sie oben auf den Berg gestellt und gerufen: Viva il Duce, Herr General.«

»Gut.«

»Geben wir ihm eine Medaille.«

»Gut, hier ist die Medaille.«

»Guten Tag, Herr General«, sagte Zeffirino und trat vor. »Und wer bist du?«

»Soldat Alfiero Brissoni vom sechsten Infanterie-Regiment.«

»Was willst du?«

»Ich war auf feindlichem Gebiet und habe Hühner gestohlen ohne entdeckt zu werden, und dann habe ich die Tricolore an Stelle der feindlichen Fahne gehisst. Während der Flucht habe ich den feindlichen Kommandanten mit einem Bajonettstoß getötet, seinen Adjutanten mit einem Schlag in den Nacken, alle seine Soldaten mit ein wenig Gift, das ich noch in der Tasche hatte, und dann geriet ich noch in einen Ringkampf mit der Wache, die Alarm schlagen wollte. Dem habe ich das Bajonett ins Herz gestoßen, und er ist umgefallen und hat ›huuug!‹ gemacht. Da habe ich mich umgedreht und habe gesehen, dass mich weitere zehn Feinde von hinten angreifen wollten, und ich habe sie zaff, zaff, zu Boden geschlagen. Einer hat beim Fallen auf mich gezielt, aber er hat mir nur ein Auge ausgeschossen. Das habe ich gern fürs Vaterland gegeben, Herr General.«

»Ist gut, hier ist deine Medaille.«

Jetzt kam Pierino. Er schleppte sich auf Krücken heran.

»Was ist denn das?«

»Das sind Krücken, Herr General.«

»Was ist passiert?«

»Der Krieg, Herr General.«

Pierino redete und zitterte und schüttelte rhythmisch den Kopf.

»Bist du verletzt?«

»Nicht der Rede wert, Herr General.«

»Du bist tapfer, erzähle.«

»Ich habe nach rechts und links ausgeteilt... Köpfe hier und Köpfe da.«

»Wie viele Tote?«

»Keiner, Herr General.«

»Du bist mutig.«

»Ich auch! Ich auch!«, riefen Baby, Annie, Zeffirino und die anderen humpelnd oder mit dem Arm in der Schlinge.

»Seid doch ruhig.«

»Soldat Bacucci Fiorenzo vom fünften Kavallerie-Regiment.«

»Wie hast du deine Beine verloren?«

»Das war so, Herr General. Es war dunkel, und ich konnte nichts sehen, da hörte ich die Stimme des Feindes, der sagte: Diese Italiener sind alle Schweine. Da habe ich gesagt: Die Schweine seid ihr! Und dann habe ich mich auf sie gestürzt und sie alle umgebracht. Da hat einer von ihnen gesagt: Du bist ein tapferes italienisches Schwein. Und ich bin ohne Beine zum Fenster gegangen und habe die Tricolore rausgehängt. Dann bin ich, immer noch ohne Beine, zum Herrn General gegangen. Zu Befehl!«

»Ist gut, hier ist deine Medaille.«

»Es lebe der Duce, nieder mit den Engländern. Vorwärts, zum Angriff!«

Wir stürzten los und machten »Ta ta ta ta ta ta ...«

20

Am nächsten Tag nach der Schule stand der Chauffeur mit dem Wagen auf der Hauptstraße. Ein Trupp Faschisten zog singend vorüber. Sie waren schwarz angezogen und hatten goldene Tressen und schwarze Stiefel und hinter den Schnurrbärten versteckte Lippen.

»Kommen Sie lieber mit, gnädige Fräulein«, sagte der Chauffeur, ließ uns einsteigen und brachte uns zur Villa.

Auf der Tenne nahm Pippone Baby an den Füßen, warf sie in die Luft und fing sie wieder auf. Dann ging er mit Baby und mir unterm Arm spazieren, als wären wir zwei Säcke.

Pippone sagte: »Meine Taschen sind so groß, dass zwei Schiffe hineinpassen. Eins rechts und eins links.«

»Wirklich?«

»Klar, zwei Schiffe«, wiederholte er.

»Annie, weißt du, dass Pippone zwei Schiffe in den Taschen hat?«

»Idiotin.«

»Annie, lass mich doch ein bisschen auf deinem Fahrrad fahren!«

»Du machst es mir nur kaputt!«

»Nein, ich mache es nicht kaputt. Annie, lass mich doch ein bisschen fahren!«

»Baby und du, ihr macht alles kaputt.«

»Ich tu alles, was du willst«, sagte ich, »wenn du mich auf deinem Rad fahren lässt.«

Annie war einen Augenblick lang still, als müsse sie nachdenken. Dann sagte sie: »Wenn ich die Königin sein darf, lass ich euch fahren.«

Da auch Pasquetta und Lea und Zeffirino und Pierino auf Annies Fahrrad fahren wollten, machten wir sie zur »Königin«. Alle kamen zu Annies Krönung. Wie ich sie hasste, wie sie dort auf dem Thron saß und sich von Lea die Haare kämmen ließ und uns befahl, vor ihr zu knien. Wir waren alle ihre Sklaven geworden. Nur Lea hatte die Gunst der Königin gewonnen und war zu ihrer Beraterin geworden.

»Du Stinkerin!«, schrie Pasquetta sie an.

»Selber Stinkerin!«, sagte Lea zu Pasquetta und gab ihr eine Kopfnuss.

»Schluss jetzt!«, sagte die Königin und stieg vom Thron herab. »Ich möchte, dass ihr jetzt hundertmal ruft: Annie lebe hoch!«

Wir riefen hundertmal »Annie lebe hoch«, aber

das reichte nicht. Wir mussten uns mit Erde überhäufen, vor ihr knien und ihr alle Gefallen tun, die sie sich ausdachte. Vor allem ihr die Haare bürsten. Alle meine Pinienzapfen waren in die Hände der Königin übergegangen. Bis ich eines Tages zu ihr sagte: »Du kannst dein Fahrrad behalten.«

Wir hatten nämlich ein neues Spiel entdeckt: Wir ritten auf wilden Schweinen. Die Schweine wurden morgens von Pierinos Mutter frei gelassen und kamen abends zurück. Tagsüber liefen sie im Wald herum und fraßen Kastanien. Wilde Schweine, erzählte uns Lea, knacken Kastanien und essen sie, ohne sich dabei in die Nase zu pieksen. Sie sagt, es sind wilde Schweine, und wenn man sie isst, heißen sie »Mickerlinge«. Wir essen immer rohe Kastanien im Wald und kriegen danach Bauchweh.

»Uuuaaah!«, rief Pierino und sprang auf ein Schwein, das gerade vorbeikam. Meistens fliehen sie jedoch grunzend vor uns. Am besten hält man sich am Schwanz fest oder an den Ohren. Was für ein Spaß, so dicht überm Gras durch den Wald zu galoppieren und sich dabei an ihren Ohren festzuhalten! Der einzige Nachteil ist, dass Baby und ich danach stinken.

Eines Tages war Zeffirinos Kopf ganz kahl geschoren.

»Ich hatte Läuse«, sagte er und schwang sich auf ein Schwein.

Wir folgten ihm unter lautem Gebrüll, jeder auf einem Schwein, die Knie fest zusammengepresst und Gerten schwingend, um sie noch mehr anzutreiben.

21

Wir wiederholten die Zehn Gebote, und ich fragte mich, was »Unkeusches tun« bedeutete. Pasquetta sagte, es bedeute: »Du sollst nicht schlecht über Gott reden.« Unklar war mir auch: »Du sollst keines anderen Weib begehren.« Noch nie war es mir in den Sinn gekommen, eine Frau zu begehren. Ein Fahrrad hingegen hatte ich oft begehrt. Aber dann dachte ich, wenn mein Wunsch erfüllt würde, wäre es Verschwendung, sich ein Fahrrad zu wünschen, wo ich mir doch auch das Weib eines anderen hätte wünschen können.

Pasquetta hatte Firmung. Der Bischof hat ihr den »Nagel« und ein seidenes Band um den Kopf gebunden. Jetzt ist sie ganz keck und fühlt sich uns überlegen, weil wir nicht gefirmt sind.

»Es ist alles bereit für die Messe.«

Wir machen ein Messe für den Onkel.

Wir hatten im Wald eine Kirche eingerichtet, wo Baby und ich sonntags zur Messe gehen konnten. Wir knieten uns alle vor den Altar. Aus einer Blechdose holten wir die Schokoladestückchen, auf die wir verzichtet hatten, um den Onkel zu retten, und legten sie auf den Altar. Zeffirino brachte ein Stück Huhn mit.

Um noch mehr zu leiden, legten wir für die gesamte Dauer des Rosenkranzes spitze Kiesel unter unsere Knie.

Pasquetta holte eine Madonna mit hellblauem Kleid und rosa Umhang hervor und sagte, dass sie an der Figur geleckt habe und dass sie nach Zucker schmecke. Unter der Statuette steckte eine Fotografie des Onkels und eine des Duce.

Lea sagte, dass die heilige Teresa sich jeden Tag vor dem Kreuz gegeißelt hat, dass der heilige Franz von Assisi immer auf der Erde schlief, sogar dann, wenn er krank war und wenn die Mönche zu ihm sagten: Franz, wir wollen, dass es dir gut geht, und deshalb sollst du in deinem Bett schlafen. Dann antwortete Franz, dass er nicht im Bett schlafen wolle, sondern auf dem Boden, und dann ist er gestorben. Wir beschlossen, dass wir auch unser Fleisch geißeln und auf dem Boden schlafen würden. Also ging Pierino etwas zum Geißeln suchen und kam mit einem Rohrstock zurück.

»Peitsch mich aus«, sagte ich.

Baby sagte: »Ich will aber auch ausgepeitscht werden!«, und stellte sich dabei in Position, mit hochgestrecktem Hintern. Sie hielt sich die Ohren zu, um den Schmerz nicht zu spüren. Wir lagen alle auf dem Bauch und hatten die Kleider über den Kopf gezogen, und Pierino fing an, uns auszupeitschen. Er peitschte sehr ernsthaft. Ich bekam fünf Hiebe.

»Fünf wie die Wunden unseres Herrn Jesus Christus.«

»Bist du reuig?«

»Ja«, sagte Pasquetta.

Pierino peitschte Pasquetta so fest, dass sie sich auf ihn stürzte und ihn biss.

Dann gab Pierino Zeffirino die Peitsche. Zeffirino rief mit erhobener Peitsche: »Bist du reuig?«

»Ja«, sagte Baby.

»Eins«, rief Zeffirino und schwang kräftig die Peitsche.

»Bist du reuig?«

»Ja.«

»Zwei.«

Beim Peitschenhieb rief Baby laut aus: »Heilige Jungfrau Maria!«

»Bist du reuig?«, sagte Zeffirino zu Baby.

»Ja.«

»Und drei! Und vier!«

»Au! Au!« Baby bog sich nach hinten, um ihren roten Hintern zu betrachten.

»Bist du reuig?«, rief Zeffirino, die Peitsche schwingend.

»Ja«, sagte Baby und stellte sich wieder in Position.

»Au! Au! Heilige Jungfrau!«

Da nahm Pierino die Peitsche und begann, sie nach rechts und links zu schwingen, als wolle er uns alle niedermetzeln.

22

Nello ließ Rosa an der Kreuzung warten und kam nicht. Am Abend weinte sie, weil es Sonntag war und sie festlich angezogen war mit ihrem Sonntagskleid und den hübchen Locken, die ich ihr gemacht hatte und der Rose, die ich ihr an die Brust geheftet hatte. Alles für Nello. Aber Nello hatte an dem Abend mit Pippone und den anderen im Dorfgasthaus Karten gespielt und »Scheiß-Mussolini« gesagt. Ich weiß wirklich nicht, was Nello gegen unseren Duce hat.

Ferruccio hat der Partei erzählt, dass Nello »Scheiß-Mussolini« gesagt hat. Das heißt, Rosa beeilte sich zu sagen, dass er »Es lebe der Duce« gesagt hat, aber das glaube ich nicht, weil ich mit meinen eigenen Ohren gehört habe, wie er schlecht über Mussolini geredet hat und weil mir das wehgetan hat. Wie schlimm wäre es erst für Mussolini, wenn er das hören müsste.

Ferruccio kam am nächsten Tag mit einem schwarzen Auto zur Villa, und viele Männer in der schwarzen Faschistenuniform stiegen aus und nahmen Nello, der auf der Tenne war, mit und brachten ihn in den Wald.

Ich hab den Mussolini jetzt nicht mehr lieb, denn man muss seinem Nächsten doch verzeihen, aber er hat Nello abholen lassen, und sie sind gekommen und haben ihn in den Wald gebracht. Lea sagt, sie haben eine Art Kreis um ihn gebildet und ihn verprügelt. Lea sagt, man hat die Schreie bis zu ihrem Haus gehört, aber der Vater hatte Angst, aus dem Haus zu gehen. Rosa ist hinausgelaufen und in den Wald gerannt und hat geschrien: »Hört auf, hört auf!«, aber sie haben sie festgehalten und genüsslich an den Armen gepackt und ihr den Mund zugehalten, so dass sie zusehen musste, wie sie Nello schlugen. Also habe ich ihm einen Brief geschrieben:

> Lieber Duce,
> Ich glaube, ich sollte dir sagen, was Nello passiert ist, meinem Freund, der von Ferruccio verhauen worden ist, weil der sagt, der Nello hätte gesagt: »Scheiß-Duce«, dabei stimmt das gar nicht, denn Nello sagt immer: »Es lebe Mussolini.« Das habe ich mit meinen eigenen Ohren gehört, aber der Ferruccio ist eifersüchtig auf den Nello wegen der Rosa, und ich bitte dich, tu etwas, denn ich liebe dich sehr und bin

eine Kleine Italienerin und Gruppenführerin der Schule »Adelaide Cairoli«.

Penny und Baby

Der Onkel meinte, ich solle ihm den Brief geben, er würde ihn dann einwerfen. Aber der Duce ist so mit dem Krieg beschäftigt, dass er nicht antworten kann, weil der Feind nämlich auf dem Vormarsch ist.

23

Eines Morgens beschloss ich, mir den Sonnenaufgang anzusehen. Baby schlief noch, deshalb schlich ich allein auf Zehenspitzen hinaus und kletterte auf einen Baum. In der Stille der Dämmerung konnte ich ganz deutlich Kanonendonner hören, der mir näher vorkam als sonst.

Zu meiner Rechten ging langsam die Sonne auf. Ich lauschte dem Surren verschiedener Insekten und beobachtete die Bewegungen einer Reihe von Raupen, die an meinem Baum emporkletterte.

Meine Knie waren rötlich gefärbt von der aufgehenden Sonne. Ich hatte die Morgendämmerung noch nie gesehen, denn in der Villa wurden wir Kinder immer um acht geweckt. Ich fragte mich, ob die Sonne wirklich gelb ist oder ob sie es nur für mich ist. Vielleicht sah der Onkel, der Jude ist, sie blau oder grün?

Ich spitzte den Mund wie Pierino und imitierte die Vogelstimmen. Indem ich mein Gewicht leicht vom rechten auf den linken Ast verlagerte, fand ich wieder das Gleichgewicht, ohne das weder die Vögel am Himmel fliegen noch die Fische im Wasser schwimmen könnten. Wenn ich mich mit der rechten Hand an einem Ast festhielt und mit der linken Hand am Stamm und ich mich dabei auch mit den Füßen abstützte, dann konnte ich es sehr lange auf dem Ast aushalten.

Ich begann die einzelnen Blätter am Baum zu zählen, und als ich damit so gut wie fertig war, war es fast Mittag. Von meinem Posten aus konnte ich die Villa sehen und hören, wie Baby mich rief.

Ich hörte Bremsen quietschen. Ein seltsames geflecktes Auto hielt vor der Freitreppe. Ein deutscher Soldat stieg aus und hielt einem Offizier die Wagentür auf. Er salutierte hackenschlagend.

Der Offizier stieg die Treppe hinauf und klingelte. Alì kläffte. Elsa kam aufmachen. Ich sah, wie Elsa verschwand und den Offizier vor der angelehnten Tür auf der Schwelle stehen ließ. Kurz darauf kehrte sie mit Marie zurück, und ich sah, dass sie miteinander sprachen: Marie kann Deutsch. Der Offizier trat in die Diele, und Marie schloss die Tür hinter ihm.

Aus Neugier stieg ich vom Baum hinunter und ging zur Villa.

»Was machst du da, Penny?«

»Ich will sehen, was im Salon passiert.«

Wir klammerten uns an die schmiedeeisernen Gitterstäbe, die vor den Fenstern im Erdgeschoss angebracht waren. Als ich mich hochzog, sah ich den deutschen Offizier, wie er ganz allein im Spiegelsaal stand. Erschöpft ließ ich mich fallen und sagte Baby, was ich gesehen hatte. Auf einmal erklang Klaviermusik. Die Töne wurden immer lauter, und das ganze Haus dröhnte.

»Das ist doch die Beethovensonate! Die, die der Onkel immer spielt!«

Ich zog mich noch einmal an den Gitterstäben hoch und sah, wie der deutsche Offizier am Flügel saß und spielte. Er spielte lang, beinahe eineinhalb Stunden. Er hatte offensichtlich angeordnet, dass er danach wieder abgeholt wurde, denn der Wagen hielt erneut vor der Freitreppe.

Marie sagte, der Offizier sei extra zur Villa gekommen, um zu fragen, ob er Klavier spielen dürfe, denn er hatte aus der Ferne das Klavier gehört. Der Onkel ließ ihm durch den Diener ausrichten, es ginge, aber er verbot Marie und uns, mit ihm zu sprechen.

Am nächsten Tag kam er zur selben Zeit wieder. Er wurde in den Spiegelsaal geführt und dort allein gelassen. Die Noten erklangen nicht sofort. Der Offizier wartete auf irgendetwas, um anzufangen. Vielleicht auf Marie? Nach beinahe einer halben Stunde Stille fing er an. Eineinhalb Stunden später kam der Wagen, um ihn abzuholen. Bevor der Offizier wegging, richtete er den Blick nach oben und konnte sehen, wie wir zusammen mit Marie hinter den angelehnten Fensterläden hervorspähten.

Am nächsten Tag kam der Offizier fünf Minuten später als sonst. Fünf Minuten, die mir wie eine Ewigkeit erschienen. Als ob die Villa wieder verstummt wäre. Durch den Krieg hatten wir seit längerer Zeit schon keine Gäste mehr gehabt. Edith und ihr Mann waren nach Zürich zurückgekehrt, und Maya, die Cousine des Onkels, war zu ihrem Bruder, der ein wichtiger Wissenschaftler war, nach Amerika gegangen, nach Princeton.

Nachdem Baby und ich uns nicht mehr über Herrn Pit und über Ediths Bilder lustig machen konnten, widmeten wir uns unserem neuen Schwarm.

Wenn wir Leonardo nicht mehr lieben konnten, liebten wir eben den Leutnant Friedrich. Ich merkte, dass ich auf ihn wartete, wie ich immer auf Leonardo gewartet hatte. Die Liebe ist schon etwas Merkwürdiges. Ich hätte nie gedacht, dass ich mich in den Leutnant Friedrich genauso verlieben könnte wie in Leonardo. Aber am meisten wundert mich, dass auch Marie, Annie und Baby sich in ihn verliebt haben.

Das kann man drehen und wenden, wie man will, Frauen sind einfach leichtfertig und flatterhaft, das sagt auch der Pfarrer, und sie sündigen, indem sie Ehebruch begehen.

Diesmal hatte der Offizier einen Strauß Rosen mitgebracht. Er fragte den Diener, ob er das »*schöne Fräulein*« sehen dürfe, das ihm die Tür aufgemacht hatte.

Marie erschien ganz schüchtern auf der Schwelle zum Salon. Sie verneigte sich und verschwand sofort, nachdem sie sich für die Blumen bedankt hatte. Der Onkel hatte ihr nicht erlaubt, sich im Salon aufzuhalten. Er verkroch sich immer mehr in sein Arbeitszimmer, zu seinen Büchern, und sein Gesicht wurde immer finsterer.

Der Offizier kam noch ein paar Mal. Wir beobachteten ihn heimlich vom Gebüsch aus, aber wir wagten nicht mit ihm zu sprechen, weil der Onkel das nicht wollte.

24

Auf dem Weg zum Fluss sah ich immer viele Soldaten beim Baden.

Sie hatten blaue Augen und blondes Haar. Wie anders sie aussahen. Wir Italiener sind alle dunkel. Es war sehr lustig, so viele neue Nachbarn zu haben. Es war viel los, Autos und Soldaten kamen und gingen.

Zu meiner und Babys großer Freude kamen die Soldaten sogar in die Villa. Auch der General kam.

Der General ließ dem Onkel durch seinen Adjutanten Heinz ausrichten, dass es ihm sehr Leid tue, den Onkel zu stören, er möge ihm bitte sein Eindringen verzeihen, aber es sei leider nun mal so: »La guèrre c'est la guèrre«, und er brauche Zimmer.

Nachdem er dem General die Erlaubnis gegeben hatte, die Gästezimmer zu belegen, und die Soldaten sich auf dem Heuboden und in der Ölmühle breit gemacht hatten, zog der Onkel sich mit noch düstererer Miene als sonst in sein Arbeitszimmer zurück.

Die Soldaten liefen die Freitreppe hinauf und hinunter, und ihre Stiefel machten viel Lärm. Die Korridore hallten wider von ihren Rufen. Es waren Soldaten, die strammstanden.

Punkt fünf Uhr begann Leutnant Friedrich wie immer mit dem Klavierspiel. Da tauchte plötzlich – ich traute meinen Augen nicht – der General höchstpersönlich auf der Schwelle zum Spiegelsaal auf.

»Der General hat sich aufs Sofa gesetzt und hört zu …«, sagte ich und rutschte die Gitterstäbe hinunter. Jetzt kletterte Pierino hoch.

»Der General hört Musik … er raucht eine Zigarette …«

»Und was macht er jetzt?«

»Jetzt steht er auf und geht auf und ab … jetzt ist er rausgegangen.«

Im Gegensatz zu den alten wurden unsere neuen Gäste vom Onkel überhaupt nicht beachtet. Niemals ging der Diener in den Spiegelsaal, um dem General oder dem Leutnant Friedrich einen Kaffee zu bringen oder um sie zum Mittagessen einzuladen. Dafür ließen sie dem Onkel Kärtchen bringen, auf denen sie sich zum Beispiel dafür bedankten, dass sie das Klavier benutzen durften.

»Wenn der Onkel schon nicht nett ist zum General, müssen wir es eben tun.«

»Wie denn?«

»Lass mich mal überlegen.«

»Du weißt doch, dass der Onkel das nicht will und dass er uns verboten hat, die Zimmer der Offiziere zu betreten und ohne seine Erlaubnis irgendwelche Kanonen oder Maschinengewehre zu berühren.«

»Wisst ihr was? Wenn der Onkel zu den Gästen so böse ist, dann müssen wir sie bewirten.«

»Penny hat wie immer eine große Klappe.«

»Aber Penny hat Recht.«

»Laden wir den General zum Mittagessen ein.«

Die Soldaten waren draußen vor der Villa und zogen ihr Essgeschirr hervor, denn es war ungefähr ein Uhr. Wir waren am oberen Ende der Auffahrt zwischen den Lorbeerbüschen und hatten soeben ein großartiges Mahl für den General zubereitet. Zuerst gab es eine von Pierino gekochte Suppe und dann einen Nachtisch. Die Soldaten waren alle beim Haus. Es kamen immer mehr, und sie brachten Kanonen und Maschinengewehre mit. Wir waren oben an der Auffahrt und spielten Kochen mit unseren Puppen. Pasquetta hatte Feuer gemacht und kochte eine Suppe aus Wasser, Erde, Piniennadeln und klein geschnipselten Blättern. Da tauchte plötzlich der Wagen des Generals in einer Staubwolke auf.

»Der General!«, rief Pierino.

Der General stieg aus dem Auto. Er war groß und dick und hatte silberne Tressen und ein geflochtenes Band an der Mütze. Es war heiß, und er war bestimmt müde. Er ging die Auffahrt hoch und gab Heinz, dem Adjutanten, irgendwelche Papiere, woraufhin dieser salutierte. Der General nahm die Mütze ab und trocknete sich die Stirn.

»Wir müssen etwas unternehmen.«

Der General gab den Soldaten Anweisungen, er wirkte sorgenvoll und gereizt. Auch Generäle können unruhig werden.

»Herr General«, sagte Baby und zog an seiner Jacke. »Das Essen ist fertig. Kommen Sie, wir haben etwas gekocht.« Und sie zeigte auf uns.

Der General drehte sich um. Wir nickten. Baby zerrte mit ihren erdbraunen Händen an seinem Arm. Müde, aber lächelnd ging er mit.

»Wir haben ein Mittagessen für Sie gekocht«, sagte Pasquetta.

»Danke«, sagte der General, »das ist sehr nett von euch.«

Wir führten den General zu einer Lichtung, wo es große Steine gab, auf die wir uns setzen konnten. Auf den Steinen saßen die Puppe Fifi, der gelbe Bär Tro-Tro, Pierino, Pasquetta und Zeffirino. Lea und ich servierten dem General das Essen. Baby band ihm die Serviette um den Hals.

»Hier ist ein wenig Suppe für Sie, Herr General«, sagte Lea mit gerötetem Gesicht und tränenden Augen, denn sie hatte die ganze Zeit ins Feuer geblasen, das jeden Moment auszugehen drohte.

Der General trank aus der abgestoßenen Tasse und sagte: »Schmeckt gut.«

»Willst du noch mehr?«, fragte ich.

»Nein danke, ich bin satt«, sagte der General.

»Jetzt kommt der Nachtisch, und das sind gehackte Maroni mit Pinienkernen und Wein.«

Der General trank aus dem Glas und aß von den Lorbeerblättern.

»Geht es Ihnen gut?«, fragte Baby und fächelte ihm mit einem getrockneten Palmwedel Luft zu.

»Ja, es geht mir sehr gut«, sagte der General.

Dann wurde alles ruiniert durch Heinz, der plötzlich auftauchte und irgendetwas auf Deutsch schrie und den General mitnahm, der sich bei uns bedankte und ging, die Taschen voller Kiesel und Glitzersteine.

25

Die Villa war umgeben von Munition und Maschinengewehren. Der General entschuldigte sich für die Störung und ließ seinem Adjutanten ausrichten, er brauche noch ein Zimmer. Heinz salutierte und überbrachte die Nachricht meinem Onkel.

Wir saßen alle bei Tisch. Der Diener und das Hausmädchen reichten die Tabletts an der tadellos gedeckten Tafel. Obwohl Krieg ist und der General langsam die ganze Villa vereinnahmt, ist unsere Lebensweise unverändert. Der Onkel regt sich auf, wenn das Essen verkocht ist, wenn keine Blumen auf dem Tisch stehen, wenn die Gläser nicht die aus Kristall sind, wenn der Fußboden nicht glänzt, wenn Rosa nicht die gestärkte weiße Schürze und das Häubchen trägt, wenn der Diener Cosimo die Knöpfe seiner Livree verliert. Der riesige Kristalllüster über dem Tisch leuchtet auf uns herab wie immer.

»Wäschst du dir eigentlich immer den Hals?«, fragte ich den Adjutanten des Generals am nächsten Morgen.

»Ja, jeden Tag«, sagte er.

»Ich nicht, ist meiner schmutzig?«, fragte ich mit dem bisschen Deutsch, das Tante Katchen mir beigebracht hatte.

»Nein, er ist sauber.«

»Wie heißt du?«

»Heinz.«

»Ich Penny. Ich muss die Kleider von Doll waschen, das ist meine Puppe. Ich brauche den Brunnen, brauchst du noch lange für deinen Hals?«

»Nein.«

»Du wäschst ihn dir schon seit einer halben Stunde.«

Heinz fing an zu lachen und wusch die Puppenkleider für mich.

Es war Nacht. Ich hörte, wie eine Stimme unter meinem Fenster »Penny« rief. Es war ein Soldat. Ich lehnte mich hinaus und sah, dass es Heinz war. Er setzte eine Mundharmonika an und spielte *Lili Marlen*. Ich hatte Heinz ein großes Stück Kuchen versprochen dafür, dass er mir half, Dolls Kleid zu waschen. Um kein Geräusch zu machen, zog ich meine Pantoffeln an.

»Komm«, sagte ich zu Heinz. »Sei leise.«

Ich hatte Angst, dass der Onkel etwas merken könnte. Aber Heinz war so lieb, und seine blauen Augen leuchteten vor Freude. Ich holte ein Stück Kuchen aus der Vorratstruhe und gab es ihm. Er setzte sich neben mich und sah mich an. Ich goss ihm auch etwas Wein ein. Heinz leerte die ganze Flasche. Ich räumte sie wieder an ihren Platz. Dann wischte ich die Kuchenkrümel vom Tisch. Ich setzte mich auf seinen Schoß und kramte in seiner Hemdtasche. Es waren Fotos darin: Heinz' Mutter und Vater.

»Willst du Marmelade?«

»Jawohl.«

Heinz leerte das ganze Glas.

»Jetzt geh«, sagte ich. Heinz drückte mich an sich und küsste mich auf die Stirn. Er drückte mich so fest, dass mir die Knöpfe seiner Uniform wehtaten und seine Bartstoppeln meine Wangen zerkratzten.

»Wir sehen uns morgen«, sagte ich und schob ihn aus der Tür.

»Ja«, sagte er lächelnd. Er hob mich hoch und drückte mich an sich. Dann setze er mich ab.

Als ich ins Bett schlüpfte, fragte Baby, wo ich gewesen sei.

»Bei Heinz, ich habe ihm den Kuchen gegeben.«

Ich konnte hören, wie vom Hof her die Melodie von *Rosamunde* ertönte. Durch das Fenster drang das Zirpen der Grillen zusammen mit dem Klang der Mundharmonika, die Heinz noch lange spielte. Dann schlief ich ein.

Ich habe Heinz so lieb wie den Leutnant Friedrich und Leonardo, und wenn ich groß bin, will ich ganz viele Männer heiraten.

26

Gleich beim Aufwachen dachte ich, wie lustig es doch war, die Villa voll neuer Gesichter und voller Gäste zu haben. Und ich dachte an Heinz und den General, die die ganze Nacht über gearbeitet hatten. Ich konnte hören, wie Heinz' Stiefel auf und ab gingen und wie die Hacken beim Salutieren zusammenstießen.

Baby und ich setzten alles daran, möglichst oft am Zimmer des Generals vorbeizukommen. Einmal versuchten wie ihn zu sehen, indem wir mit zwei Besen vor seiner Tür erschienen und sagten, wir müssten dringend sauber machen. Ich begann alle Papiere des Generals, die auf dem Tisch verteilt lagen, abzustauben und Baby die Kisten, die auf dem Boden standen.

»Nicht anfassen«, sagte der General und machte: »Bumm!«

»Bumm?«, sagte Baby.

»Bumm bumm«, sagte der General.

»Bumm!«, sagte Heinz und zeigte auf die Kisten.

»Bumm«, wiederholte Baby und staubte die Jacke des Generals ab, die über dem Stuhl hing.

»Ich habe auch so eine Tochter«, sagte der General und zeigte auf Baby.

»Die habe ich mitgebracht«, sagte Baby und zeigte auf die Gänseblümchen auf dem Tisch des Generals.

Doch der Onkel verbot uns in den rechten Flügel der Villa zu gehen und in den linken, wo die Soldaten waren.

Es war warm, die Grillen machten einen solchen Lärm, dass ich mir zum Spaß die Ohren zuhielt, um das Gefühl von Stille zu spüren.

Heinz kam ins Esszimmer. Rosa servierte gerade das Breakfast. Der General ließ ausrichten, dass er sehr gern eine Partie Schach gespielt hätte, aber niemanden zum Spielen hatte. Der Onkel ließ dem General ausrichten, er »stehe zur Verfügung«. Da schlug Heinz erneut die Hacken zusammen und machte eine Verbeugung.

»Warum müssen sie bloß solchen Lärm mit den Stiefeln machen, jedes Mal, wenn sie zwei Worte sagen!«

Rosa begann so sehr zu lachen, dass sie es nicht mehr schaffte, dem Onkel den Kaffee einzuschenken, und er sie schimpfte. Wir alle erschraken, denn der Onkel lachte kein bisschen. Er war todernst.

»Gehen wir, bevor der Onkel uns auch noch schimpft.«

Der Onkel runzelte die Stirn, denn beim Aufstehen stieß ich einen Teller vom Tisch.

»Penny, du schreibst hundert Mal in dein Strafaufgabenheft: Ich darf keine Teller kaputtmachen.«

Für mich war diese Strafe qualvoll, denn um hundert solcher Sätze zu schreiben, brauchte ich einen ganzen Tag.

Vor dem General kam Heinz und brachte das Schachspiel. Er klopfte an die Tür des Arbeitszimmers. Wir beide waren sehr aufgeregt und beobachteten das Geschehen heimlich. Würde der Onkel mit dem General Schach spielen? Wir spähten durch das Schlüsselloch. Heinz ging, nicht ohne zwei oder drei Mal zu salutieren. Der General kam herein, und der Onkel deutete ihm mit einer Geste an, er solle sich setzen. Sie setzten sich einander gegenüber, und der Onkel zeigte auf das Schachbrett. So saßen sie schweigend beinahe eine halbe Stunde lang und bewegten langsam die Spielfiguren.

Nach einer nervenaufreibenden Wartezeit, die wir hinter der Tür verbrachten, erschien Heinz wieder, klopfte, trat ein und sagte etwas auf Deutsch. Der General stand auf, verbeugte sich kurz vor dem Onkel und folgte Heinz. Die Partie war mittendrin abgebrochen worden. Beim Hinausgehen begegnete der General Tante Katchen und küsste ihr die Hand.

»Darf ich die Partie fertig spielen?«, sagte ich.

»Sehen wir mal, was ich an Stelle des Generals tun würde.«

»Sehen wir mal«, sagte der Onkel belustigt.

»Ich würde deinen Springer schlagen.«

»Gut«, sagte der Onkel, »dann schlage ich deinen König.«

27

Marie hat schon seit längerer Zeit das Fahrradfahren sein lassen und reitet stattdessen. Immer in Hosen wie ein Junge jagt sie über die Felder und kehrt dann ganz erhitzt zur Villa zurück, wo sie Italo dem Knecht übergibt, der ihn in den Stall führt. Baby und ich dürfen auf Lola die Auffahrt entlangtrotten. Oft setzen wir uns gemeinsam in den Sattel.

Eines Tages kam Marie zurück und erzählte, dass die Soldaten Cencetti die Ochsen weggenommen hatten. Der Onkel ließ dem General sagen, dass die Ochsen dem Cencetti zurückgegeben werden sollten und dass es nicht recht war, sie ihm wegzunehmen.

Der General ordnete an, dass die Ochsen zurückgegeben wurden.

Der Onkel ließ ausrichten, dass es nicht »Recht« sei, dass die Soldaten die Schränke öffneten und Dinge herausholten, die ihnen nicht gehörten. Der General verbot, dass irgendetwas angerührt wurde, was nicht der Armee gehörte.

Da es Sonntag war, wurde die Messe in der Hauskapelle gelesen. Baby und ich schlichen in die Sakristei und sagten dem Pfarrer guten Tag, der wissen wollte, ob wir für die Seele des Onkels gebetet hätten. Ich antwortete mit Ja. Da sagte er, dass das nicht reicht, weil nicht nur die Seele des Onkels in Gefahr ist, sondern auch sein Leib. Er sagte tatsächlich, dass der Onkel in Gefahr ist, weil die Deutschen alle Juden ins Gefängnis stecken wollen.

Das sagte der Pfarrer. Da der Onkel nicht an Jesus glaubt, wollen ihn die Deutschen ins Gefängnis stecken.

Der Pfarrer sagte, dass der Onkel fliehen sollte und sich verstecken, weil die Deutschen ihn sonst mitnehmen, und dass es reiner Wahnsinn ist zu bleiben. Aber ich kann mir einfach nicht vorstellen, dass Heinz dem Onkel etwas antut und auch nicht der General.

Doch der Pfarrer war so aufgeregt, dass er zwei oder drei Mal versuchte, mit dem Onkel zu sprechen. Das war merkwürdig, weil sich der Onkel und der Pfarrer schon seit längerer Zeit nicht mehr grüßen; seitdem der Onkel gesagt hat, dass er uns nicht zur Messe gehen lässt.

Der Onkel empfing ihn, und wir schauten durchs Schlüsselloch.

Der Pfarrer ging ganz traurig weg, weil der Onkel nicht fliehen wollte. Er sprach lange mit ihm, um ihn zu überreden. Er sagte: »Sie sind in Gefahr, Sie müssen fliehen, es ist Wahnsinn, hier zu bleiben.« Doch der Onkel schüttelte nur immer den Kopf und sagte immer wieder denselben Satz: »Ich habe nichts Schlimmes getan, ich habe niemandem etwas Böses getan, weshalb sollte ich fliehen? Ich habe nichts zu befürchten. Warum sollte ich mich denn verstecken? Stimmt's, Katchen?« Und dann sah er die Tante an, die nickte und sagte: »Ja, Liebling«, und weinte.

Da kam der Pfarrer ein drittes Mal zur Villa, und beim Weggehen sagte er zu Pippone, der Onkel sei verrückt, und zu uns, wir sollten für ihn beten.

Auch Pippone kam zur Villa, um dem Onkel Zuflucht in seinem Haus im Wald anzubieten, aber der Onkel beharrte darauf, dass er nichts zu verbergen und zu befürchten habe. In demselben Moment kamen zu Pippones großem Erstaunen der General und Heinz mit dem Schachbrett herein, um mit dem Onkel zu spielen.

Der Onkel hat Recht. Der Onkel sagt immer die Wahrheit. Er ist die Wahrheit und die Gerechtigkeit in Person, und er kann nicht Unrecht haben.

Ich studiere das Gesicht des deutschen Generals, während er mit dem Onkel Schach spielt. Ich möchte ihm tief in die Augen blicken. Aber seine Augen sind so blau und hell, dass ich nur Güte in ihnen entdecken kann.

»Bist du gut?«, fragt ihn Baby und sieht ihm in die Augen.

Der Onkel hat uns zum Spielen in den Garten geschickt. Aber ich habe Angst. Wenn nachts Autos ankommen, springe ich aus dem Bett, während mein Herz »Bumm bumm« macht vor Angst, dass sie kommen, um den Onkel abzuholen. Ich schleiche auf Zehenspitzen aus meinem Zimmer und sehe unten am Fuß der Treppe Offiziere, die kommen und gehen und einander hackenschlagend grüßen und Befehle schreien.

Ich habe Angst. Ich weiß nicht, warum. Ich weiß, dass der Onkel Recht hat und Tante Katchen auch und dass der General gut ist. Aber ich habe Angst. Was ist, wenn die Wahrheit des Onkels nicht die Wahrheit ist? Welche ist dann die Wahrheit? Ich wünsche mir, dass die Wahrheit irgendwie in großen Lettern am Himmel steht.

Während der Onkel, die Tante, Annie, Baby, Marie, Rosa, Cosimo und Elsa schlafen, arbeiten die Deutschen. Vielleicht führen sie etwas gegen den Onkel im Schilde? Ich habe Angst. Ich höre Stiefel.

Es war Heinz.

»Heinz!« Ich schlang meine Arme um seinen Hals. »Heinz, hast du uns lieb?«

»Ja, ja, jawohl.«

»Uns alle? Annie und Marie und auch den Onkel?«

Heinz brachte mich ins Bett und wünschte mir gute Nacht.

»Hat auch der General den Onkel lieb?«

»Ja, ja. Gute Nacht.« Heinz ging hinaus und schloss ganz leise die Tür. Aber ich hatte immer noch Angst. Es wehte herein, und die Vorhänge bauschten sich wie Gespenster.

28

Neue Soldaten kamen zur Villa, und auf der Tenne waren Kanonen und Maschinengewehre.

»Schießt ihr denn nie?«, sagte ich zu einem Soldaten.

Auf der Straße draußen fuhren Kanonen auf dem Weg nach Norden vorbei.

»Warum zeigt ihr uns nicht, wie das geht?«, fragte Baby und berührte ein Maschinengewehr.

Es ist ärgerlich, Kanonen dazuhaben und nicht sehen zu können, wie sie schießen. Wir hören nur den Donner der feindlichen Kanonen, der so beständig ist wie das Zirpen der Grillen.

Es war Zeit für das Mittagessen, und Elsa rief uns herein.

Marie kam zu Tisch in ihrem schönen Kleid, mit hohen Absätzen und Lippenstift. Das war für alle etwas Neues.

»Was machst du denn, du wackelst ja mit den Hüften!«

Sie hatte angefangen, wie Rosa zu gehen.

»Sei still, du dumme Göre, ich laufe so wie immer«, antwortete sie mir.

»Ach, was du nicht sagst!«, sagte Baby und wackelte auch mit den Hüften.

»Ihr seid wirklich unerträglich!«, rief Marie voller Zorn und warf nach uns mit allem, was sie finden konnte. Diese dumme Marie weiß wohl nicht, dass es wirklich wehtut, wenn sie mir die Haarbürste an den Kopf wirft.

Annie begann auch mit den Hüften zu wackeln und später, als wir ins Bett gingen, zog sie sich fast nackt aus und spielte Haremsdame. Baby und ich mussten den Takt klatschen, und sie ließ sich vom Rhythmus mitreißen und tanzte wild vor dem Spiegel.

»Findet ihr mich nicht auch schön?«, fragte Annie und drehte sich wieder.

»Findet ihr mich nicht auch schön?«, wiederholte sie beleidigt.

Am nächsten Morgen gingen wir in den Wald, wo wir den Grillen die Köpfe abrissen und sie in eine Streichholzschachtel legten. In einer anderen Schachtel sammelten wir die Körper und in einer dritten die Flügel. Dann gingen wir zurück ins Haus, und ich ging in den Salon, und da sah ich, wie Marie und der Leutnant Friedrich sich küssten!

Wenn das der Onkel wüsste. Aber vor allem, wenn Leonardo das wüsste! Ich habe mich hinter dem Samtvorhang unter dem großen Gemälde versteckt, um besser zu sehen. Marie lehnte am Klavier, und er näherte sich und dann … dann hat er sie geküsst.

Ich bin weggelaufen. Ich bin traurig. Ich möchte doch Marie heiraten. Einmal habe ich zu ihr gesagt: »Marie, schimpf mich nicht, ich habe dich doch so lieb, wenn ich ein Mann wäre, würde ich dich heiraten!« Und sie hat mich mit offenem Mund angestarrt. Jetzt tut es mir Leid, dass ein Mann gekommen ist und sich ihre Seele geholt hat. Was ist mit mir? Ob Marie noch Platz für uns Kinder haben wird, wenn der Leutnant erst in ihrem Herzen ist?

»Würdest du mich heiraten, wenn ich ein Mann wäre?« Marie fing an zu lachen. Also richtete ich dieselbe Frage an Baby, die begeistert bejahte und mir einen klebrigen Marmeladenkuss gab. Aber diese großen Mädchen, die einen beim ersten besten Leutnant gleich vergessen …

29

Wir sahen dem General und dem Onkel beim Schachspielen zu. Heute hat der General den Onkel gefragt, ob er Jude ist. Der Onkel hat gesagt, ja.

Ich habe Angst, weil ich nicht mehr weiß, welches die Wahrheit ist. Und ich sehe den Onkel an. Aber der Onkel lächelt.

Beim Abendessen lächelte der Onkel Tante Katchen zu, die gerötete Augen hatte, und legte ihr die Hand auf die Schulter.

»Sieh mal nach, ob das Essen fertig ist.«

Tante Katchen ging in die Küche, und kurz darauf erschien Cosimo und schlug den Gong.

Annie und Baby stürzten aus dem Garten an den Tisch, und Annie ließ ihren roten Pullover auf dem Sessel liegen und kam auch.

Der Onkel macht Cosimo Vorhaltungen, weil einer der goldenen Knöpfe an der Jacke fehlt und weil seine weißen Handschuhe nicht ganz sauber sind. Er macht Elsa Vorhaltungen, weil das Essen zu spät kommt und der Reis verkocht ist, und er macht Rosa Vorhaltungen, weil der Fußboden nicht glänzt.

Aber da der Onkel lächelt, verfliegen alle meine Ängste.

Auch beim Abendessen lächelte der Onkel, während die Engländer die Villa bombardierten. Wir hatten alle Angst, auch Cosimo, dem das Tablett zwischen den Händen zitterte, und er sagte, die Flugzeuge hätten es »auf uns abgesehen«. Aber der Onkel sagte, das stimme nicht, Cosimo rede Unsinn, und die Flugzeuge flögen nach Florenz. Währenddessen erzitterte die ganze Villa, und das Glas des Lüsters klirrte.

Marie, Annie und Baby hatten weiße Gesichter vor Angst, und Tante Katchen blickte den Onkel flehentlich an, damit er uns erlaubte, in den Keller oder in die Ölmühle zu gehen. Aber der Onkel wies sie darauf hin, dass unten alles voller Soldaten und Bauern war.

Der Onkel lächelte, als ob nichts wäre, und scherzte, wie er es sonst nur an Weihnachten oder an unseren Geburtstagen tat.

Heinz kam herein und schrie, wir sollten die Fenster zumachen, denn es schien Licht hindurch, und die Engländer bombardierten die Villa. Die Deutschen rannten die Treppe hinauf und hinunter und machten mit ihrem Geschrei die Verwirrung noch schlimmer.

Als ein Flugzeug direkt auf uns zuflog, hielt ich den Atem an. Man hörte eine Maschinengewehrsalve und kurz danach einen schrecklichen Lärm, wie ein Weltuntergang.

»Bring den Nachtisch«, sagte der Onkel zu Cosimo, und Cosimo servierte uns allen den Nachtisch, und die Flugzeuge verschwanden wieder.

30

Baby kam in mein Bett. Ich merkte, wie sie hereinkam. Zuerst hörte ich ihre nackten Füße auf den Fliesen, dann spürte ich ihr Gewicht auf mir und hörte ihre Stimme ganz nah an meinem Ohr: »Wir haben nicht für den Onkel gebetet!«

»Ich bringe gerade ein besonderes Opfer für den Onkel.«

»Was denn?«

»Ich liege mit ausgebreiteten Armen da wie Jesus und leide.«

»Und wie lange liegst du so da?«

»Bis ich bis tausend gezählt habe.«

»Das mach ich auch.«

»Du kannst ja gar nicht zählen.«

»Doch, ich kann.«

»Ja, aber wie Barnabas, auf dem Boden.«

Ich träumte von Jesus. Jesus wurde von den Soldaten gegeißelt. Aber als er mich sah, lächelte Jesus mich so an, wie er in meinem Buch die Kinder anlächelt.

»Weißt du was«, sagte ich, »jetzt gehe ich zu Pilatus und sage ihm, er soll dich nicht kreuzigen lassen.« Jesus lächelte und sagte, dazu sei es zu spät.

Ich ging zu Pilatus und sagte zu ihm: »Siehst du nicht, dass sie unseren Herrn Jesus töten wollen?« Doch er wusch sich einfach weiter die Hände. Jetzt sage ich Pilatus aber, dass er ein fieser Kröterich ist.

»Nein«, sagte Jesus, »das darfst du nicht zu ihm sagen.«

Aber ich ging zu Pilatus, der grün angezogen war, und sagte es ihm und schnitt ihm auch ein paar Grimassen, aber er wusch sich immer noch die Hände. Ich fing an zu schreien, aber die Soldaten kamen und führten Jesus ab.

»Nein, nein! Ihr dürft unseren Herrn Jesus nicht töten!«

Sie führten ihn ab, und ich klammerte mich an ihre Gewänder.

Gottvater blickte von oben herab und tat nichts, um Jesus zu helfen.

»Gleich werden sie Jesus töten, Gottes Sohn!«

Die Engel schwebten auf und ab mit einer Lilie in der Hand und sangen Hosianna. Jesus war allein am Ölberg.

»Warum tut denn niemand was?«

Die Engel kamen in Gestalt von drei Herren herunter. Vielleicht werden sie etwas tun. Der Teufel näherte sich auf Zehenspitzen. Die Soldaten stampften mit ihren Stiefeln herum. Jesus Christus war allein im Ölwald und weinte.

»Seht ihr denn nicht, dass Christus weint?«, sagte ich und rannte los. »Wo geht es zum Ölberg?«

Ich ging zu Jesus und sagte zu ihm: »Ich will für dich sterben.«

»Danke«, sagte Jesus, »aber jetzt lass mich allein, denn ich will mit Satan sprechen.«

Ich rief Satan und sagte zu ihm: »Jesus will mit dir sprechen.«

Er scheuchte die Fliegen mit seinem Schwanz weg. Der Himmel war ganz schwarz, und kein einziger Stern war zu sehen, und alles war so ruhig, als sei alles ganz normal, und die Leute standen mitten auf der Straße herum.

»Seht ihr nicht, dass Gottes Sohn gleich sterben wird?«

Und ich rannte los, um Hilfe zu holen.

Ich traf Baby.

»Sie wollen gleich Jesus ermorden. Wo ist der Ölberg? Wo sind die Apostel?«

Baby sagte. »Ich weiß es nicht.«

»Entschuldigen Sie bitte«, sagte ich zu einem Mann, der gerade vorbeikam und der der Hausmeister der Schule war, »gleich wird Jesus gekreuzigt.«

»Ja«, sagte er, »ich will es mir auch ansehen, alle gehen hin.«

»Aber das geht doch nicht! Er darf nicht sterben!«

Also ging ich zu Jesus und sagte zu ihm: »Komm mit Baby und mir in den Wald, da kennen wir ein Versteck.« Aber Jesus sagte, wir sollten ihm das schönste Sonntagsgewand bringen. Da ging ich in die Villa und suchte zwischen den Kleidern des Onkels und fand schließlich seinen weißen Sonntagsanzug und den breitkrempigen Hut, aber Jesus ging inmitten der Soldaten, und Pilatus war auch da in seinem grünen Anzug.

»Lassen Sie mich durch«, sagte ich, »ich muss Jesus seinen Anzug bringen.«

»Nein«, sagte er, »du lügst doch immer.«

Da fing Pasquetta an, *Salve Regina* zu singen, und alle sangen mit, auch Pilatus, und ich sah nach oben zum Kreuz und sah, dass Jesus das Gesicht meines Onkels hatte.

31

Ich konnte einfach nicht mehr einschlafen. Ich weckte Baby und Annie, aber sie schliefen weiter. Da ging ich zu Marie und weckte sie. Ich sagte ihr, ich hätte einen Albtraum gehabt und vom Onkel geträumt, und ich hätte Angst. Aber sie tröstete mich so, wie es die großen Mädchen machen, wenn sie mütterlich sein wollen.

»Wir müssen etwas tun«, sagte ich zu Marie, aber Marie sagte, es sei nur ein böser Traum gewesen und dass jetzt alles vorbei sei, und dann machte sie ihre Nachttischlampe an und erklärte mir, mir läge das Essen im Magen und schickte mich wieder ins Bett.

Aber ich habe Angst. Ist es möglich, dass ich die Einzige bin, die Angst hat? Alle schlafen. Spüren sie wirklich nicht, dass die Gefahr wie ein riesiges Ungeheuer über der Villa schwebt?

Ich konnte diese Gefahr spüren, aber nicht sehen. Ich stellte mich auf die Zehenspitzen und spähte durch die dünnen Vorhänge nach draußen.

Es war heiß. Der Mond war so rund, dass ich

Angst bekam. Er sah von dort oben herab auf das »Ungeheuer«, das auf dem Hausdach lauerte. Ich hatte nicht den Mut, mich aus dem Fenster zu lehnen, denn dann würde ich vielleicht ein Stück vom Schwanz des Ungeheuers sehen.

Ich habe Angst. Meine Hände haben Angst und mein Herz und meine Haare, alle haben sie Angst.

Warum antwortet mir niemand? Warum hört niemand auf mich?

Auf Zehenspitzen, mit einem Kloß im Hals, ging ich in Onkels Zimmer.

»Was gibt's?«, fragte der Onkel.

Und Tante Katchen: »Ist dir nicht gut, Penny?«

»Ich habe Angst!«

Und ich fing an zu schluchzen und sagte noch einmal, ich hätte Angst.

»Wovor hast du Angst?«, fragte der Onkel.

Auf einmal wusste ich nicht mehr, was ich sagen sollte. Ich stotterte nur immer wieder: »Ich habe Angst«.

Da Tante Katchen dachte, ich hätte Bauchweh, setzte sie mich in den Lehnstuhl und ging hinunter, um mir einen Kamillentee zu machen.

Der Onkel zog seinen blauen Morgenrock an und fragte mich, ob mir das Bäuchlein wehtat.

Da sagte ich ihm, ich hätte Angst, weil er nicht an Gott noch an Jesus glaubte, und dass sein Leben und seine Seele in Gefahr seien. Doch der Onkel schien immer noch nicht zu verstehen, und als ich immer verzweifelter wurde, nahm er mich auf den Schoß, und ich sagte ihm, dass die Deutschen ihn mitnehmen und in ein Lager stecken würden, zusammen mit allen, die keine Christen waren, und dass mir das der Pfarrer gesagt hatte.

Er begann mir sehr ernst zu erklären, dass er an so etwas wie die menschliche Würde glaubte, aber ich verstand nicht, was er meinte, und sagte wieder: »Warum glaubst du nicht an Jesus?«

Als der Onkel sah, dass ich so sehr weinte, stand er auf und sagte, gut, von jetzt an werde er an das Jesuskind glauben.

»Und auch an die Auferstehung?«, fragte ich.

»Ja, auch an die Auferstehung.«

»Und an die liebe Mutter Gottes?«

»Ja.«

»Aber glaubst du wirklich daran?«, bohrte ich nach.

In diesem Moment kam Baby herein, die mich gesucht und nicht im Bett gefunden hatte.

Ich sagte. »Wirst du auch an den Heiligen Geist glauben?«

»Auch an den Heiligen Geist.«

»Und an die heilige katholische Kirche?«

»Und an die Gemeinschaft der Heiligen?«

»Ja, ja, auch an die Gemeinschaft der Heiligen«, sagte der Onkel.

»Und an das ewige Leben?«, fügte Baby hinzu.

»Ja, Baby, ich werde an das ewige Leben glauben. Und das ist auch der Grund, weshalb wir vor nichts Angst haben müssen, nicht wahr? Aber morgen besprechen wir das in Ruhe, und dann erzählst du mir von Jesus. Jetzt müsst ihr ins Bett.«

Baby war auf den Onkel geklettert wie auf einen Baum.

32

Heute ist die Villa plötzlich leer. Der General ist mit seinen ganzen Soldaten, Heinz, dem Leutnant Friedrich und den Kanonen Richtung Norden gezogen.

Bevor der General abgereist ist, hat er Tante Katchen die Hand geküsst und sie gefragt, ob er für sie Briefe in den Norden mitnehmen kann, da die Post doch nicht mehr funktioniert.

Ich habe Heinz' Taschen mit dem Weißbrot voll gestopft, das ihm immer so gut geschmeckt hat.

Als das tarnfarbene Auto des Generals abgefahren war, waren meine Augen feucht, und ich hatte das Gefühl, dass in der Villa große Leere herrschte.

Heute hat der Onkel mit uns gespielt, denn es war Babys Geburtstag. In wenigen Monaten ist mein Geburtstag, und dann werde ich mir etwas wünschen, was der Onkel erfüllen muss.

Baby hat sich gewünscht, dass der Onkel mit uns spielt. Heute sind nur die Kleinen in der Villa, die Großen sind nicht mehr hier. Wir spielen im Garten

Blinde Kuh. Der Onkel lässt sich die Augen verbinden. Da kommt er mit seinem großen weißen Hut und will uns fangen. Wir zupfen an seiner Jacke und lachen. Wie lustig er ist. Er sieht uns nicht und erwischt uns nicht. Jetzt hat er Baby gefangen.

Wir machen ein anderes Spiel. Himmel und Hölle. Der Onkel hat einen Fehler gemacht, er hat verloren. Wir lachen. Annie und Marie lachen auch. Heute müssen alle mit uns spielen.

Der Onkel spielt »Ochs am Berg, Sonne, Mond und Sterne«. Es wird abgezählt. Baby ist der Ochs. Sie muss langsam bis drei zählen und sich dann schnell umdrehen. Aber sie sieht uns nie, wir müssen zu ihr vorlaufen, bis wir sie berühren. Wer sie zuerst berührt, darf an ihre Stelle, aber wenn sie ihn vorher sieht, während er sich bewegt, muss er zurück an die Startlinie.

»Ochs am Berg, Sonne, Mond und Sterne!«

Baby dreht sich blitzschnell um. Der Onkel hat sie mit einem Riesenschritt beinahe erreicht, aber nein, der Onkel schwankt und bewegt sich immer noch.

»Ich habe dich gesehen!«, schreit Baby, »du musst wieder zurück!«

»Das stimmt nicht, ich habe mich gar nicht gerührt!«, schmollt der Onkel.

»Doch, doch, doch, ich habe dich gesehen!«

Der Onkel geht zurück an die Startlinie, was bei Baby einen Lachanfall auslöst.

Dann spielen wir Verstecken.

Wie lustig der Onkel ist, wenn er vorsichtig herumschleicht, um uns zu suchen und uns nie findet, während wir ihn immer gleich hinter den Büschen sehen, weil sein großer weißer Hut hervorleuchtet.

»Ich sehe dich!«, schreie ich ihm ins Ohr.

Was für ein schöner Tag! Ich wünschte, alle Tage wären wie dieser.

Auch wenn es heißt, dass die echte Mama und der echte Papa nicht zu ersetzen sind, kann ich mir gar nicht vorstellen, dass ich meine Mama lieber haben könnte als Tante Katchen oder meinen Papa lieber als Onkel Wilhelm.

Katchen hat aus ihren abgelegten Kleidern für Baby eine Puppe genäht und hat gesagt, das ist ihre Stoffmama.

Wir gingen zum Fluss, weil Baby dort ihre Stoffmama vergessen hatte. Baby weinte, weil sie sie verloren hatte. Ich hoffte, wir würden sie wiederfinden und atmete tief durch. Katchen hatte nämlich einen ganz besonderen Duft, der durch ihre Kleider auf die Puppe übergegangen war. Ich bot Baby meine Puppe an.

»Nein, die will ich nicht, denn das ist deine Mama.«

»Aber meine Mama ist doch auch deine Mama!«

»Das ist nicht wahr«, sagte Baby und fing an zu weinen. Katchen, die kein altes Kleid mehr finden konnte, musste ihr eine neue Puppe aus ihrem hellblauen Nachthemd machen.

Baby nahm die neue Stoffmama unter den Arm und ging mit ihr auf die Wiese, wo sie sie küsste und mit ihr sprach und ihr viele Dinge erzählte. Die Puppe fest an sich gedrückt ging sie über die Felder und bückte sich von Zeit zu Zeit, um ein Gänseblümchen zu pflücken und es ihr zu schenken. Der lange Zopf der Stoffmama flatterte ihm Abendwind.

Ich sah Baby lange zu, wie sie so über die Wiese wanderte.

Ich war sehr unglücklich, dass sie mich vergessen hatte und dass sie ihre ganze Liebe und ihre Küsse jemand anderem schenkte.

Tief betrübt und beleidigt kletterte ich auf den Mispelbaum.

33

»Die Madonna hat alles aufgegessen!«, rief Pasquetta.

Außer Atem kam sie bei uns an. Sie rannte barfuß, ohne sich wehzutun, und hinter ihr liefen Pierino und Zeffirino.

»Ja wirklich, die Madonna hat alles aufgegessen!«, sagten sie.

Ob die Madonna Hunger hatte?

»Kommt es euch ansehen!«

Die Madonna war vom Himmel herabgestiegen und hatte unsere Gaben geschätzt und mit nach oben genommen. Wir blieben stehen und betrachteten die Madonnenstatue, die nach Zucker schmeckte. Baby fragte, warum die Madonna ihren Fuß auf die Schlange gestellt hatte.

»Sie tötet den Teufel«, sagte Lea.

Wie schön die Madonna in ihrem hellblauen Kleid war!

»Vielleicht ist eure Mama dort oben bei ihr.«

»Ja?«, sagte Baby.

»Zusammen mit dem Heiligen Geist.«

Ich sah das kleine Bild von Jesus an, der ein großes Herz voller Dornen in der Hand hielt. In diesem Herz muss das Leid der Welt stecken.

Ich sah Jesus' Gesicht an. Wie schön er ist mit seinen blonden Haaren und dem blonden Bart. Gott verstehe ich nicht so ganz, aber Jesus schon, ihn liebe ich, und ich finde es schade, dass er schon auf der Welt gewesen ist.

»Ist der Gottvater auch bei meiner Mama?«

Auf dem Bildchen war auch ein weißes Lamm.

»Das Lamm ist Jesus«, sagte Pierino.

Dann gab es noch ein Bildchen mit einem Mädchen bei der Erstkommunion. Hinter ihr stand der Engel Gabriel, der ein bisschen so aussah wie Jesus, nur ohne Bart.

»Hinter jedem von uns steht der Engel Gabriel.«

Sofort spürte ich, wie der Engel Gabriel hinter mir stand und genauso aussah wie ich, nur mit Flügeln.

»Und was bedeutet die Taube über dem Kopf?«, fragte Baby.

»Das ist der Heilige Geist.«

Der Heilige Geist ist die dritte Person der Dreieinigkeit, Baby die vierte, ich die fünfte, Pierino die sechste, Lea die siebte und Zeffirino die achte.

Ich sagte zu Annie, dass die Madonna alles aufgegessen hatte. Sie glaubte es nicht. Also beschloss ich, dass sie mitkommen musste und selber sehen, aber dass sie niemandem etwas davon sagen durfte. Ich fragte Pasquetta und die anderen, ob Annie zu einer unserer Messen kommen durfte. Sie sagten ja, aber nur wenn sie vorher beichtete.

Also kam Annie und beichtete. Sie hörte gar nicht mehr auf, so viele Sünden hatte sie begangen!

»Du hast vergessen, dass du mir Salz in die Suppe geschüttet hast«, sagte Baby.

»Stimmt.«

»Und dass du mir eine Eidechse ins Bett gelegt hast.«

»Ja, und auch dass ich eure Schokolade aufgegessen habe«, sagte Annie zerknirscht.

»Aha, du bist das gewesen!«

Pierino veranschlagte zehn Peitschenhiebe auf den Hintern.

»Hört auf! Hört auf!«, schrie Annie. »Ich bereue!«

»Willst du auch für Onkels Seele beten?« Ich erklärte ihr, dass der Onkel in Gefahr war.

»Ja«, sagte Annie. »Und für unseren Duce?«

»Ja, für den Duce auch.«

»Dann knie dich hin.«

Annie kniete nieder, und auch wir beteten. Wir hatten Kiesel unter unsere Knie gelegt, um mehr zu leiden.

34

Ich glaubte ein Rascheln zu hören. Da kam auf einmal ein weißer Hase aus dem Gebüsch. Doch als er uns sah, floh er sofort.

»Das ist die Madonna«, sagte Lea.

Wir sahen einander sprachlos an.

Wir versteckten uns zwischen den Büschen, um zu sehen, wie der Heilige Geist auf das Kreuz herabkam. Er erschien in Gestalt eines Spatzen, und nachdem er eine Weile lang Kekskrümel aufgepickt hatte, flog er wieder hinauf in den Himmel und setzte sich auf den Kopf von Johannes dem Täufer und in die Hände Gottes. Von hier aus flog er weiter auf den Kopf von Jesus, der zur Rechten Gottes, des allmächtigen Vaters sitzt.

Einmal erschien der Teufel, in Gestalt eines Hahns. Er verscheuchte die Spatzen und pickte alles auf, was er fand. Dass es der Teufel war, sah man an seiner boshaften Miene.

»Wir müssen den Teufel töten.«

Der Hahn war immer noch da, und ich hatte den

Eindruck, in seinen Augen das Böse zu sehen. Ich habe Angst, dass der Teufel sich meine Seele und meinen Körper nimmt.

Mit einem Schrei stürzte Pierino sich auf den Teufel, aber der Teufel entwischte ihm. Pasquetta sprang auf den Teufel, der nicht sterben wollte. Wir schlugen alle mit Stöcken und Steinen auf ihn ein. Lea schlug solange auf den Hals des Teufels, bis er entzwei ging. Wir ließen ihn am Fuß des Kreuzes liegen und fingen an zu beten.

Dann drehte Pierino sich zu uns um und sagte, dass Satan gar nicht tot war. Stattdessen war er in den Himmel hochgefahren und hatte sich mit den Händen an den Himmel geklammert und würde gleich nach unten stürzen und ein Stück Himmel mit sich reißen.

»Wirklich?«, fragte Annie.

Wir mussten die Hände nach oben strecken, um den Himmel zu stützen. Lea stimmte ein Lied an, und wir hielten die Arme hoch und hatten hochrote Gesichter von der Anstrengung, den Himmel zu stützen. Gleich fällt der Himmel, der Himmel fällt; wir standen da mit erhobenen Armen, um den Himmel zu stützen. Gleich stürzt Satan in die Hölle hinunter und wird danach Luzifer heißen. Hier stehen wir mit erhobenen Armen, und gleich bricht der Himmel herunter. Wir sind rot vor Anstrengung. Wer wird uns helfen?

Gleich fällt Satan, da, jetzt stürzt er, der Engel Gabriel mit seinem Flammenschwert blickt herab, und die anderen Engel singen Hosianna, Hosianna.

35

Tosca, die Tochter des Bauern, die in der Villa sauber macht, ist krank geworden.

»Tosca geht es schlecht, sie hat Geister im Leib.«

»Was redest du denn da?«

»Doch, doch, sie isst nichts mehr und sagt, sie will nur Kohlen und Asche essen!«

Pierino sagt, dass Tosca Geister im Leib hat und dass sie »verhext« worden ist.

»Eine Alte hat das gemacht, und jedes Mal wenn sie etwas essen will, kann sie nicht, denn die Alte ist da und sagt nein und schüttelt den Kopf.«

»Und wo ist diese Alte?«

»Die kann nur Tosca sehen, und die fängt dann an zu schreien.«

»Wenn die Alte weiter nein sagt, stirbt Tosca am Ende.«

Wir gingen Tosca besuchen.

»Es geht ihr schlecht«, hieß es, und wir wurden nicht hineingelassen.

Am Abend, wenn es dunkel wurde, kamen die

Frauen mit ihren schwarzen Schleiern und beteten den Rosenkranz.

Eines Morgens warteten wir, bis Evelina und Pietrino das Haus verließen, und gingen hinüber, um Tosca zu sehen.

Während ich so hinter den Büschen saß, fühlte ich mich der Erde und den Ameisen ganz nah.

»Sieh mal! Die Ameisen! Die eine trägt eine Ähre!«

»Das ist keine Ähre«, sagte Lea und zerquetschte eine Ameise nach der anderen.

»Du tust ihnen weh«, sagte Baby.

»Ameisen spüren keinen Schmerz«, sagte Lea und zerquetschte noch mehr von ihnen.

»Wir sind so groß, dass sie uns gar nicht sehen.«

»Stell dir vor, wie es wäre, wenn ein Riese über uns stehen und uns mit seinem Daumen zerquetschen würde.«

»Im Himmel gibt es keine Riesen, da ist nur Gott.«

»Stell dir vor, Gott würde dich mit seinem Daumen zerquetschen.«

»Dich würde er vielleicht zerquetschen, aber mich nicht«, sagte Lea und zerquetschte weiterhin Ameisen.

»Gott hat keine Daumen.«

»Gott vielleicht nicht, aber die Riesen im Himmel schon.«

»Im Himmel ist Gott, du Hornochse.«

»Stinktier!«, sagte Baby zu Lea und streckte ihr die Zunge heraus.

»Findest du, dass ich stinke?«, fragte mich Lea und kam näher, um an sich riechen zu lassen.

»Nein, du stinkst gar nicht.«

»Du stinkst wohl«, sagte Baby.

»Nein, tu ich nicht, riech mal, Penny. Na, stinke ich?«

»Nein, du stinkst gar nicht.«

»Doch, du stinkst immer nach Stall«, sagte Baby.

»Das ist ein Geruch, Baby, und kein Gestank. Lea hat Recht.«

Wir rochen alle an einander. Mein Kleid ist weiß mit großen dunkelroten Tupfen. Babys Kleid ist rosa mit hellblauen Blümchen, es ist durchsichtig und man kann den bestickten Unterrock sehen. Die Schleife auf meinem Kopf ist weiß, und die von Baby ist rosa.

Ich fragte mich, warum die Alte Tosca etwas antun wollte. Tosca ist so schön mit ihren roten Backen, sie singt immer, und jetzt liegt sie schon seit zwei Wochen im Bett, neben sich die Alte, die immer nein zu ihr sagt.

»Tosca! Tosca!«, sagte ich ihr ins Ohr, als wir im Haus waren.

»Tosca! Tosca! Tosca!«, sagte Baby, die auf Zehenspitzen neben dem großen weißen Bett stand.

»Tosca, hörst du uns?«

»Hier«, sagte Pierino und legte eine Hand voll Brombeeren auf ihren Mund. Doch Tosca hörte nichts und starrte nur auf die Holzbalken an der Decke. Pierinos Brombeeren kullerten auf das Leintuch und hinterließen schwarze Flecken.

»Bringt mir Kohlen«, sagte Tosca. Es wirkte, als würde sie mit jemandem sprechen.

»Sie spricht mit der Alten.«

»Tosca!«, rief Baby und ging auf Zehenspitzen bis zum Bett, wo sie sich anlehnte.

Das Bett war groß, hoch und aus bunt bemaltem Eisen. An der weißen Wand war die Madonna, wie sie zum Himmel auffuhr, und unter ihrem Umhang waren lauter kleine Menschen, die nach oben in den Himmel blickten. Auf einmal brüllte Tosca los, wie von Krämpfen geschüttelt, und biss in die Leintücher, als kämpfe sie mit jemandem.

In panischem Schrecken rannten wir die enge Treppe hinunter und flohen über die Felder.

Der Hexer hat Ginetta, Toscas Schwester, gesagt, sie muss einen Hahn töten und sein Herz herausnehmen, und dann eine Kröte nehmen und sie darauf pinkeln lassen. Beppe ist ein alter Mann, der mit der Tosca gehen will, aber Tosca wollte nicht, weil sie mit Brunetto geht. Deshalb hat Beppe sie »verhexen« lassen.

Wenn man zwanzig Nadeln in das Herz des Hahns

steckt, wird Tosca wieder gesund. Ginetta, die genauso schön war wie Tosca, musste alle diese Dinge bei Mondschein zum Hexer bringen und bat uns, Zeffirino und Pierino die Kröte zu besorgen. Ginetta weinte und holte einen Rosenkranz aus weißen Perlen für das Vaterunser und schwarzen Perlen für das Ora Patris hervor und bot ihn Zeffirino an, zum Tausch gegen den Gefallen, den er ihr tat.

Ich habe auch einen Rosenkranz. Ich bete immer zwei Salve Regina und zwei Vaterunser für alle Verwandten und Freunde, die ich habe, für Mama und Papa, die im Himmel sind, und für alle Leute, die ich auf der Straße sehe und nicht kenne. Aber nach der Hälfte schlafe ich ein. Ich bete auch immer für den Duce und für das Vaterland und für die italienischen Soldaten, dass sie keine Schlachten verlieren und die Engländer nicht kommen sollen.

Meinen Rosenkranz habe ich selber aus Mispelkernen gemacht. Ich will eine Heilige werden.

Zeffirino kam mit einer Kröte zurück.

»Hast du die Alte getroffen?«

Zeffirino sagte, er habe im Wald die Alte getroffen, die zwei winzig kleine Äuglein hatte.

»Dann habe ich sie mit zwei so riesigen Augen angesehen ... und dann mit zwei so winzig kleinen ... aber sie stand nur da und starrte mich an, und es sah so aus, als würde sie den Kopf schütteln ...«

Ginetta wartete an der Kreuzung auf uns, sie saß

unter einem Baum und dachte, wir kämen nicht mehr zurück.

»Hier ist alles...«, zog er die Kröte hervor, »da hast du die Kröte.«

Ginetta nahm alles und gab uns dafür den Rosenkranz. Dann ging sie allein den Hügel hoch, zum Hexer.

Als wir am nächsten Tag alle beim Essen saßen, kam Elsa herein und fragte den Onkel, ob er mit Pippone sprechen könne, der in der Küche drüben saß und weinte. Der Onkel ließ ihn rufen.

»Signor Padrone«, sagte Pippone verlegen, als er ins Esszimmer trat und die Mütze abnahm. Er rutschte aus auf dem glatten Parkett.

»Signor Padrone, vielleicht können Sie ihr helfen...«, sprach er weiter und drehte die Mütze zwischen den Händen, nachdem er versucht hatte, mit seinem Taschentuch den Staub wegzuwischen, der von seinem Anzug auf den Boden gefallen war. »Tosca stirbt, sie stirbt, vielleicht könnten der Herr Padrone den Pfarrer mit dem Wagen holen lassen, bevor es zu spät ist...«

Der Onkel schickte Cosimo mit dem Wagen los, um den Pfarrer zu holen. Cosimo kam mit dem Pfarrer zurück, der angezogen war wie zur Messe, mit weißen Spitzen und Weihwasser und dem Hut auf dem Kopf. Der Ministrant war auch dabei.

Cosimo sagte uns auch, dass Tosca ganz laut geschrien hat, als sie den Pfarrer sah und ihm alles entgegenschleuderte, was in Reichweite war.

»Die musste wirklich verhext sein, dass sie nach dem Pfarrer geworfen hat!«, sagte Pasquetta.

Cosimo sagte, dass vier Personen sie festhalten mussten, weil sie sich so verkrampfte und Kopf und Beine gegen das Bett schleuderte. Der Pfarrer hat ihr das Kruzifix auf die Brust gelegt, während die anderen sie festhielten und die Geister mit Schreien und Zischen aus ihrem Mund flogen und durchs Fenster entwichen. Wir saßen im Auto am Fuß des Hügels und hörten zu.

Der Pfarrer segnete sie, und als alle Teufel aus ihrem Mund hinausgeflogen waren, hörte Tosca auf zu schreien. Ich hatte ein wenig Angst, dass die Teufel, die aus Toscas Mund kamen, in meinen oder Babys oder Pasquettas Mund flögen, aber in Wirklichkeit ist es viel schlimmer, denn sie werden in Onkels Mund landen.

Der Pfarrer lief den Hügel hinunter zum Auto und stolperte über seinen langen schwarzen Rock.

»Ich habe noch nie gebeichtet«, sagte Baby.

»Wer weiß, wie viele Sünden du in dir trägst«, sagte der Ministrant.

»Wer weiß ...«

»Ich habe auch noch nie gebeichtet«, sagte ich.

»Wer weiß, wie viele Sünden«, sagte der Ministrant. Er sagte, seine Seele sei ganz weiß, weil er an dem Morgen gebeichtet hatte und alle seine Sünden verschwunden waren. Wie gern würde ich mir die Seele reinwaschen, so wie morgens den Hals und die Ohren, und mich ganz rein fühlen mit Jesus im Leib!

Der Chauffeur wartete geduldig im Auto. Er spricht so gut wie nie mit uns. Baby und ich haben Respekt vor ihm. Der Pfarrer segnete Ginetta, die im Haus verschwand, während er auf uns zukam, in der einen Hand das Kruzifix und in der anderen den Hut, der ihm weggeflogen war.

Der Pfarrer sagte nichts. Er stieg ins Auto und las im Brevier.

36

Der Kanonendonner war inzwischen ein so vertrautes Geräusch, dass nicht einmal mehr die Vögel erschraken und wegflogen.

»Spielen wir Adam und Eva?«

»Wer ist der Teufel?«

»Ich nicht.«

Doch Pierino sagte, wir müssten abzählen, und zwar mit einem bestimmten Abzählreim, der ungefähr so ging: »Un due tre per la regina e per il re bugibogibinzabò . . .«, und so weiter, und es traf Pasquetta.

»Nein, den Teufel spiel ich nicht.«

»Doch, das tust du.«

»Das Abzählen war ungültig.«

»Pierino dreht das Abzählen immer so hin, wie es ihm passt, und ändert einfach den Vers ab und zeigt dann auf den, den er will. Du liebe Güte, den Teufel spiele ich wirklich nicht.«

»Mit dem Gesicht wirst du nie eine Heilige!«

Pasquetta wollte schon auf Lea losgehen, doch da

fiel ihr ein, dass sie gerade Kommunion gehabt hatte und Jesus in sich trug.

»Spielen wir oder nicht?«

»Wir brauchen noch einen Apfel.«

»Schicken wir doch Baby danach.«

Baby zog sich den Rock ihres geblümten Kleides über den Kopf und glaubte, dass sie so niemand sehen konnte. Sie sah uns jedoch durch den Kleiderstoff.

»Komm, Baby, wir spielen Adam und Eva. Du musst singen, und ich bin der Engel Gabriel.«

»Nein«, sagte Baby, den Kopf vom Kleid verhüllt.

»Lasst sie doch, die dumme Kuh!«

»Baby kostet uns eine Menge Zeit. Und sie wird nie eine Heilige sein.«

Baby enthüllte ihr Gesicht und schnitt Grimassen.

»Ich habe keine Lust mehr, der Teufel zu sein«, sagte Pasquetta, die auf dem Baum kauerte, »wenn ihr nicht kommt, gehe ich einfach weg.« Und weg war sie.

Also machte Zeffirino das feine Stimmchen des Teufels nach und bot mir den Apfel an: »Penny, willst du den Apfel?«

»Geh weg, du böser Teufel, verleite mich nicht.«

Danach ging der Teufel zu Pierino und sagte zu ihm: »Pierino, willst du den Apfel?«

»Geh weg, du böser Teufel, und führe mich nicht in Versuchung.«

Und so weiter.

»Baby, Baby, iss du den Apfel«, sagte Zeffirino mit dem feinen Stimmchen des Teufels, und um sie in Versuchung zu führen, aß er selbst ein bisschen von dem Apfel.

»Weg mit dir, du böser Teufel!«

»Aber er schmeckt gut!«, sagte Zeffirino und kaute mit offenem Mund direkt vor ihren Augen.

»Du isst ihn ja ganz auf!«

Zeffirino blieb gereizt stehen.

»Bin ich jetzt der Teufel oder nicht? Ich spiele nicht mehr mit. Denn wenn ich den Teufel spiele, werde ich nie ein Heiliger.«

»Raus!«, schrie der Engel mit der Peitsche. »Raus aus dem irdischen Paradies!«

Und wir ließen uns lange auspeitschen, denn nur durch Leiden können wir die Sünden der anderen abbüßen.

37

Der Kanonendonner wird stärker. Baby und ich klettern jeden Tag auf den Baum, um zu sehen, wie in der Ferne auf der Hauptstraße die Soldatenkolonnen Richtung Norden ziehen. Sie sehen aus wie lange Schlangen von Ameisen.

Jeden Tag kommen neue Trupps von Deutschen vorbei und besetzen die Scheunen und die Zimmer der Villa, um am nächsten Tag weiterzuziehen. Wir können die Schreie der Schweine und Kälber hören, die sie stehlen und auf der Tenne abschlachten. Bei dem Geräusch ist Annie in Tränen ausgebrochen, und ich habe sie getröstet und umarmt.

Damit sie die Schreie der Tiere nicht hören muss, haben wir sie weit weg gebracht, bis zum Fluss.

»Nicht weinen, Annie.«

»Ich habe Angst«, schluchzte Annie. »Es klingt wie menschliche Schreie.«

»Aber nein«, sagte Baby. Einen Moment lang glaubte ich, das Blut der Kälber könnte die Villa überfluten und sie darin ertränken.

»Nicht weinen, Annie.« Sie steckte sich die Finger in die Ohren. Wie hatte ich nur Annie hassen können? »Annie, ich habe dich lieb, weißt du das?«

Dann fiel Baby in den Fluss, der vor Pietros Haus vorbeifließt und an dessen Ufern so viele Ulmen und Bambusstauden wachsen.

Ich lief zu Marie, um ihr zu sagen, dass Baby ins Wasser gefallen war und sich wehgetan hatte. Elsa, die ihr neue Kleider brachte, begann zu schimpfen, dass wir ungezogen seien und dass sie es nicht mehr aushalte, uns dauernd sauber zu machen, und dass der Herr Padrone uns immer frisch und gebügelt sehen wollte und wir uns absichtlich schmutzig machten.

Tatsächlich war Baby einmal zu Zeffirino nach Hause gegangen und hatte dort Pipi machen müssen. Zeffirino hatte sie zum Abort geführt und sie dort eingesperrt. Baby blieb eine ganze Weile dort drinnen, denn die Toilette bestand aus einem runden Loch, durch das man seine Notdurft verrichtete, die dann direkt auf dem Misthaufen landete. Durch das Loch krabbelten Mistkäfer und alle möglichen anderen Tierchen herauf, die Baby faszinierten. Dann hörten wir sie schreien. Baby war nicht mehr auf dem Abort, denn klein wie sie war, war sie durch das Loch gefallen.

»Baby, was machst du denn da unten?«, und los ging das Gelächter.

Ich war mit Baby allein, denn die anderen mussten Pippone beim Stallaufräumen helfen.

»Ihr Gauner!«, rief Pippone.

Man konnte hören, wie Pasquetta ein paar Ohrfeigen verabreicht wurden. Auf dieses Geräusch folgte sogleich Gebrüll und darauf neue Ohrfeigen.

Wir waren daran gewöhnt. Wir wussten, dass in diesen Fällen nichts zu machen war und dass wir an dem Tag allein spielen würden.

Ich ging wie immer mit Baby in den Wald, um wilden Spargel zu pflücken.

Von fern hörte man die Rufe der Soldaten, die in der Villa untergebracht waren.

Der Lärm der Vögel mischte sich mit dem der Kanonen, der jeden Tag stärker wurde. Wir gingen nachsehen, ob die Madonna gekommen war.

»Schau! Ein Bonbon!«, rief Baby.

Ich bückte mich und sah, dass es tatsächlich ein Bonbon war. Aber während ich mich bückte, sah ich, dass daneben noch eines lag.

»Noch eins!«

»Ich hab's zuerst gesehen!«

»Gut, ich lass es dir«, sagte ich, denn ich hatte ein anderes im Visier, das vier Meter weiter weg lag.

»Das ist das Bonbonwunder!«, sagte Baby.

Auf einmal hörten wir es rascheln. Ich blickte nach oben und sah einen Mann mit Bart oben auf dem Ast sitzen.

»Wer bist du? Wie heißt du?«

»Giuseppe.«

»San Giuseppe!«, rief Baby begeistert.

Ich sah auf seinen Bart.

»Bist du San Giuseppe, der heilige Josef?«, fragte Baby.

San Giuseppe nickte.

»Hast du noch Hunger?«, fragte Baby und blickte auf den Altar, auf dem nur noch die Knochen vom Huhn, das wir dorthin gelegt hatten, übrig waren.

San Giuseppe nickte.

»Wir bringen dir etwas zu Essen«, sagte Baby. »Und auch einen Nachtisch.«

San Giuseppe stieg vom Baum herunter. Er wollte wissen, wer der Onkel war, was er machte, wie viele Deutsche in der Villa waren, wie der Kommandant hieß. Er sagte, er sei gekommen, »um den Onkel zu retten«, und er wolle mit ihm reden. Baby und ich hatten unsere Schürzen voller Veilchen und Pilze. San Giuseppe sah Baby an und setzte sie auf seinen Schoß. Er streichelte ihre Locken und küsste sie. Er drückte sie an sich. Ich ärgerte mich, dass San Giuseppe mich nicht küsste, und stellte mich vor ihn.

»Ich auch«, sagte ich.

Da setzte San Giuseppe mich auf sein rechtes Knie und küsste mich ebenfalls.

»Kommt wieder«, sagte er, als wir loszogen, um etwas zu Essen zu holen.

»Ich wusste, dass uns eines Tages San Giuseppe erscheinen würde.«

»Bernadette ist in Lourdes von der Madonna nicht umarmt und geküsst worden, glaub mir.«

»Das stimmt.«

»Ich möchte aber auch Stigmata haben, wie Franz von Assisi.«

Ich glaubte den Gong zu hören, der uns rief. »Es ist spät, es ist Zeit fürs Abendessen.«

»Wir müssen der Jungfrau Maria noch danken, dass sie uns San Giuseppe geschickt hat.«

Bevor wir nach Hause gingen, sagten wir noch Zeffirino, dass San Giuseppe Hunger hatte. »Ich zeig dir schon, wer San Giuseppe ist!«, brüllte Zeffirinos Vater und zog sich den Gürtel aus und jagte ihm hinterher, um ihm das Brot wieder wegzunehmen, das Zeffirino geklaut hatte. Baby und ich standen hinter einem Baum und hörten zu.

Der Onkel hingegen saß im Sessel, und Elsa war sehr aufgeregt, weil niemand essen wollte.

»Wir haben uns Sorgen gemacht«, sagte der Onkel. »Morgen geht ihr mir nicht aus dem Haus.« Wir setzten uns zu Tisch, und Rosa begann zu servieren. Wenn der Onkel nicht spricht, bedeutet das, dass er sehr wütend ist.

Ich wollte den Mund aufmachen, aber der Onkel bedeutete mir zu schweigen.

»San Giuseppe hat Hunger!«, sagte Baby zu Elsa, die uns auf Anweisung des Onkels in unserem Zimmer einschloss.

»Ach nein? Und wo ist er?«

»San Giuseppe hat Hunger, er ist im Wald bei der großen Eiche. Er ist gekommen, um den Onkel zu retten«, flüsterte Baby durchs Schlüsselloch.

»Was diese beiden sich nicht alles ausdenken! Demnächst kommt noch die Heilige Familie zum Abendessen!«

»Du darfst nicht fluchen!«, schrie Baby mit Tränen in den Augen.

Annie kam ins Zimmer.

»Gute Nacht«, sagte Annie in ihrem Spitzennachthemd und schlüpfte unter die Decke. »Hört auf zu reden.«

Wir hatten unsere Nachthemden über unsere Kleider gezogen, um in der Nacht, wenn Annie schlief, aus dem Haus schleichen zu können. Baby weinte und lutschte währenddessen an ihren Bonbons.

»Hört endlich auf mit dem Lärm!«

»Lärm!«, sagte der Papagei, den wir bekommen hatten, nachdem die Elster an unserer allzu großen Liebe eingegangen war.

»So kann nicht einmal Pedro schlafen!«

»Pedro schlafen!«

Baby und ich beteten leise.

»Pss pss pss, ja, ja, ja«, machte Pedro.

»Ruhe! Schluss jetzt!« Annie stand auf und machte das Licht an.

»Annie, ich muss dir was erzählen.«

»Was denn?«

»Du, Annie, wenn ich dir erzählen würde, dass San Giuseppe draußen bei der großen Eiche sitzt und Hunger hat, was würdest du dann sagen?«

»Was redest du da?«

»San Giuseppe ist im Wald und wartet auf den Onkel.«

»Das ist gelogen!«

»Nein, das ist nicht gelogen. Er ist wegen des Onkels gekommen, er will ihn retten.«

»Das stimmt! Das stimmt!«, rief ich und lief zum Onkel, um es ihm zu sagen.

Der Onkel hörte gerade Radio und schien verstimmt über unsere Störung.

Baby erzählte ihm von San Giuseppe, dass er gekommen sei, um ihn zu retten, und dass er bei der großen Eiche auf ihn warte. Da sagte der Onkel, dass er sich um San Giuseppe kümmern werde, dass er sicher gekommen sei, um ihn zu retten, und dass er ihm Essen bringen würde, aber nur, wenn wir niemandem davon erzählten, weil das eine Angelegenheit zwischen ihm und San Giuseppe war.

»Wenn du mir sagst, dass San Giuseppe im Wald ist, dann tue ich gut daran, zu ihm zu gehen.«

»Bringst du ihm auch etwas zum Essen mit?«, fragte Baby.

»Aber sicher bringe ich ihm etwas zum Essen mit.«

Am nächsten Morgen sagte der Onkel, er sei zu San Giuseppe gegangen.

»Und was hat er gesagt?«, fragte Baby.

»Dass niemand wissen darf, dass er hier ist.«

»Ich habe die ganze Zeit für dich gebetet. Und deshalb ist er gekommen.«

Der Onkel umarmte Baby und sagte, sie solle nicht aufhören zu beten.

Der Onkel blickte durch das Fenster auf den Wald, in dem San Giuseppe war.

In diesem Moment hörte man einen Knall ganz in der Nähe. Baby ging zum Fenster.

»San Giuseppe wird jetzt Angst haben.«

»Heilige haben keine Angst«, sagte der Onkel.

38

Der Kanonendonner ist jetzt ganz nah, und die letzten Lastwagen der Soldaten verlassen die Villa unter den Schüssen der feindlichen Artillerie. Die Luft ist vom Pfeifen der Kugeln erfüllt. Rechts und links hagelt es Geschosse wie bei einem Gewitter. Wie aufregend! Wir dürfen nicht in den Garten gehen, weil der Onkel das nicht will. Zeffirino und die anderen dürfen auch nicht aus dem Haus und mit uns spielen.

Auch die Hauptstraße ist menschenleer. Seit drei Tagen sind keine deutschen Soldaten mehr vorbeigekommen, und man sieht keinen Lastwagen mehr auf dieser Straße, auf der es bis vor kurzem vor Truppen auf dem Rückzug nur so wimmelte.

Auf einmal verstummten auch die Maschinengewehre und der Kanonendonner. Große Ruhe breitete sich aus. Nach einer Weile kamen die Bauern aus ihren Häusern und riefen: »Der Krieg ist aus! Die Deutschen sind weg! Die Partisanen kommen!«

Am Ende der Straße sah man eine Schar von Männern mit Bärten und Gewehren.

Der Onkel ging hinaus und lief ihnen entgegen.

»Wo will er hin?«, fragte ich Tante Katchen.

Aber die Tante sagte nichts und sah nur durch die Scheiben, wie der Onkel mit den Partisanen fortging und im Wald verschwand.

Die Tante umarmte uns ganz fest und schluchzte.

»Weinst du?«, fragte Baby.

»Ja, aber vor Freude.«

Da wurden wir ganz ausgelassen und fingen an, aus voller Kehle zu singen.

Plötzlich hörte man einen Lastwagen.

»Die Engländer!«, rief Katchen und rannte die Freitreppe hinunter.

Ein Auto hielt vor der Villa. Gleich danach kam ein Lastwagen, von dem etwa zwanzig Soldaten herunterkletterten.

»Heinz!«, rief Baby. Aber dann merkte sie, dass sie ein wenig anders angezogen waren als Heinz. Ihre Mützen waren mit Tressen besetzt, und alle sahen aus wie Offiziere.

»*Hauchauchauch*!«, sagten zwei Soldaten und hoben uns hoch.

»Lass mich«, sagte Baby und wehrte sich.

»*Hauchauchauch*!«, sagte der Soldat und hielt mich ganz fest, während ich versuchte, mich aus seinen Händen zu winden.

»Au! Du tust mir weh!«, sagte ich zu demjenigen, der mich am Kleid festhielt, bis es zerriss.

»*Hauchauchauch*!«, brüllte er.

»Schau, was du angerichtet hast!«, sagte ich und zeigte ihm mein zerrissenes Kleid.

»Das hast du kaputtgemacht, das sagst du selber der Elsa, dass du das warst!«, schrie ich wütend.

Der Soldat war einen Moment lang sprachlos, dann packte er mich wieder und trat nach den Würfeln, mit denen wir gerade gespielt hatten. Er traf Babys Hände, und Baby brüllte los.

»*Hauchauchauch*!«, sagte ein anderer Soldat und schnappte sich Baby.

»Lass sofort meine Schwester los, sonst sage ich es dem Kommandanten!«

Ich sah, wie Marie, Annie und Katchen von den Soldaten mit gezücktem Maschinengewehr die Freitreppe hinuntergeschubst wurden.

»Marie, Katchen!«

Wir wurden die Treppe hinuntergeschubst.

»Ihr seid ungezogen!«, sagte Baby. »Du Lümmel, das sage ich Heinz und dem General!«

Sie schlossen uns in ein Zimmer ein und ließen eine Wache bei uns.

»Schaut, was ihr mit meinem Tro-tro gemacht habt!«, sagte Baby und streichelte ihren Teddybären, der mit zerquetschter Schnauze auf dem Boden gelandet war.

»Ihr habt ihm ein Auge ausgerissen!« Sie schnitt ihm eine Grimasse.

Katchen rief Baby zu sich. »Sei brav«, sagte sie.

Kurz darauf kam ein Offizier herein und fragte uns, wo der Onkel sei. Er erhielt keine genaue Antwort und verließ den Raum wieder.

Dann kam er zurück und stellte uns dieselbe Frage in mehreren Sprachen.

Wir sagten, wir wüssten es nicht, und Baby sagte, er sei mit San Giuseppe weggegangen.

Marie fragte die Wachen, ob Baby auf die Toilette gehen dürfe. Die Wache antwortete nicht.

»Ich muss mal«, sagte Baby.

Die Wache rief einen anderen Soldaten, der Baby mit gezücktem Maschinengewehr hinausbegleitete. Die Wache öffnete die Tür für den Soldaten, der Baby wieder hereinführte.

Wir hörten Schläge und Schreie und Gelächter. Ich hörte zersplitterndes Glas, wie von Lampen und Spiegeln. Ein dumpfer Schlag, und das Klavier zerbarst.

»Das Klavier«, sagte Marie.

Irgendjemand fuhr auf Rollschuhen den Korridor entlang, das Haus zitterte unter dem Lärm der Schläge und der Stiefel. Irgendjemand trat nach Alì, der zu winseln anfing.

»Sie tun Alì weh!« Baby wollte zur Tür, um hinauszulaufen, aber sie wurde zurückgeschoben.

»Sie tun Alì weh!« Annie begann zu weinen.

Marie sagte: »Nicht weinen.«

»Mama«, sagte Annie, »sie tun Alì weh.«

Baby ging mit geballten Fäusten auf die Wache los, hämmerte gegen seine Beine und sagte: »Lass mich!«

Wie oft hatte der Onkel mich ausgeschimpft, weil ich die große Vase und den Schirmständer in der Diele kaputtgemacht habe! Ich dachte an die vielen Strafpredigten und die vielen Strafarbeiten, die diese Soldaten erwarten würden, wenn der Onkel das wüsste.

Am Klang der herunterfallenden Gegenstände konnte ich jedes Mal erkennen, worum es sich handelte und aus welchem Teil der Villa die Dinge jeweils stammten. Jetzt zerschmetterten sie gerade eins nach dem anderen die Kristallgläser und die Sektschalen. Bei jedem Aufprall hörte man Lachsalven.

Was wird der Onkel nur zu dem Kommandanten sagen, wenn er zurückkommt und die kaputten Kristallgläser, Bilder und Bücher sieht?

Sie kamen zu uns und führten uns in den Spiegelsaal, wo wir verhört wurden. Marie sagte, es sei ungerecht, uns ohne Grund so zu behandeln.

»Ach! Ihr werdet euren Prozess schon kriegen«, sagte der Kommandant.

Die Spiegel waren alle zerschlagen. Ein paar Soldaten fuhren johlend auf Rollschuhen herum, überall lagen unsere Spielsachen herum. Der gelbe Bär war aufgeplatzt und auf einen Besen gespießt worden und diente als Zielscheibe. Baby versuchte hartnäckig, einen Tischtennisball aufzuheben, der zwischen ihre Füße gerollt war. Der Boden war voller Scherben. Ein Soldat, der sich eines von Maries geblümten Halstüchern umgebunden hatte, rannte die Treppe auf und ab auf der Suche nach dem Tischtennisball. Er sah ihn in Babys Händen. Baby hielt ihn ihm erschrocken hin. Die weiße Wand der Diele war beschmiert, und man hörte schallendes Gelächter. Ein Soldat kam mit einem breitkrempigen Damenhut die Treppe herunter. Ich erkannte ihn. Er gehörte Katchen, die ihn zu besonderen Anlässen trug.

Wir wurden in den Spiegelsaal geschubst, und ich stolperte über Onkels Bücher. Die Bilder waren alle zerschnitten. Es war beinahe dunkel und hinter einem Tisch saß der Kommandant, rechts neben ihm das zerborstene Klavier. Es war dunkel, aber die Soldaten hatten Fackeln.

Der Kommandant lächelte und machte eine Verbeugung vor Tante Katchen.

»*Hyrhutyrhauh, jawohl*«, sagte er.

Dann übersetzte er für uns Kinder das Ganze auf Französisch, um sich verständlich zu machen.

Der Kommandant war nett und lächelte. Er

würde uns einen richtigen Prozess machen, eine reine Formalität. Er sagte, wir sollten ihn entschuldigen, er würde uns eine nach der anderen verhören und dann sofort freilassen.

Baby erzählte dem Kommandanten von Alì, und als der Kommandant nicht verstand, erklärte Marie ihm auf Deutsch, dass Baby Alì haben wollte. Der Kommandant lächelte und gab Anweisung, Alì nichts zu tun, und Annie sagte, niemand dürfe Pedro wehtun, und der Kommandant lächelte und sagte, niemand solle Pedro anrühren. Dann schlossen sie uns mit der Wache im Zimmer ein.

Jetzt beginnen wir mit dem Prozess, sagte der Kommandant und lächelte und sagte noch einmal, es handle sich um eine reine Formalität. Dann ließ er erst Katchen holen, dann kam ein Soldat und holte Marie. Nach einer Weile kam er zurück und holte Annie.

»Ich auch«, sagte Baby.

»Ich auch«, sagte ich.

»Die beiden nicht, sie sind keine Jüdinnen.«

Und die Wache ließ uns nicht hinaus.

Man hörte eine Maschinengewehrsalve und einen Schrei, dann eine weitere Salve und noch einen Schrei und noch eine Salve.

Baby und ich stürzten die Treppe hinunter und schrien: »Marie! Katie! Annie!«

Die Soldaten kamen die Treppe herunter. Die Tür

zum Spiegelsaal stand offen. Sie war rot und von einer Fackel beleuchtet. Ich glaubte ihre Füße auf dem Boden zu sehen.

Der Kommandant hatte sich vor der Tür aufgebaut und ließ uns nicht vorbei.

Baby und ich wurden hinausgeschoben. Die Bauern nahmen uns auf den Arm und trugen uns in der Dunkelheit von der Villa fort. Ich drehte mich um und sah, wie die Flammen aufloderten und die ganze Villa plötzlich Feuer fing. Die Bauern drängten sich alle auf dem Hügel und sahen zu, wie die Villa brannte. Sie hielten uns im Arm. Baby war auf dem Arm des Vorarbeiters, ich auf dem von Pippone. Aus der Villa drangen Klagelaute.

»Das sind sie, sie verbrennen!«

»Nein, das sind die Deutschen auf dem Abmarsch«, sagte Pippone und legte seine riesige Hand über meine Augen. Ich spitzte meine Ohren und hörte das Geräusch des Lastwagens, der wegfuhr, so schnell er konnte, und das Geräusch der Bremsen auf dem Weg nach unten.

»Der Herr Padrone!«, rief Pippone.

Er rannte über die Felder auf die Villa zu, der Onkel, und die Bauern warfen sich ihm in den Weg, um ihn aufzuhalten. Baby und ich rannten ebenfalls los und riefen: »Onkel Wilhelm!«

Hinter ihm kam eine Schar bewaffneter Männer aus dem Wald herunter.

Der Onkel rannte hinter dem deutschen Lastwagen her die Auffahrt entlang und brüllte. Er war ganz weiß angezogen und sah aus wie ein Gespenst.

Hinter ihm rannten die Partisanen, bis sie ihn eingeholt hatten; dann brach der Onkel zusammen.

Onkel Wilhelm weinte, und ich sah in der Ferne die Lichter des deutschen Lastwagens, der immer weiter weg war.

Der Onkel war noch bei uns.

»Onkel Wilhelm, Onkel Wilhelm«, rief Baby und umarmte und küsste ihn, und ich tat dasselbe, aber er schrie, er wolle eine Pistole. Er bettelte um eine Pistole, um zu sterben.

Die bewaffneten, bärtigen Männer wollten ihm jedoch keine geben, und da sah ich, wie der Onkel weinte wie ein kleines Kind.

»Warum gebt ihr dem Onkel keine Pistole!«, schrie ich.

»Gib mir die Pistole!«, sagte Baby zu einem Mann mit Bart und trommelte mit Fäusten auf ihn ein.

»Ihr seid böse! Ihr wollt euren Onkel wohl umbringen!«, schrie einer zu uns heruntergebeugt.

»Ich nicht, ich will den Onkel nicht umbringen.«

Baby fing an zu weinen und ich auch, und wir umarmten den Onkel, der auf dem Boden saß und uns an sich drückte und weiterhin nach einer Pistole verlangte und auf die Flammen blickte, die loderten und leuchteten wie am helllichten Tag.

Baby und ich blieben stundenlang neben Onkel Wilhelm sitzen und sahen zu, wie die Villa niederbrannte.

»Lasst mich allein, lasst mich allein«, sagte er zu den Bauern, die leise verschwanden. Die bewaffneten Männer fuhren mit einem Wagen weg. Sie sagten, sie wollten die Deutschen suchen, um sie zu töten.

Sie ließen einen Mann als Wache für den Onkel zurück.

»Pass auf ihn auf!«, rief der Anführer ihm zu.

Baby legte dem Onkel eine Hand auf die Augen, damit er nichts sah. Aber der Onkel zitterte und sah wieder auf die Flammen.

»Nicht weinen«, sagte Baby und umarmte ihn. Ich umarmte ihn auch.

»Nein«, sagte der Onkel, »siehst du, ich weine nicht mehr.«

Baby schlief mit dem Kopf auf Onkels Knien ein, und auch ich hatte den Kopf an ihn gelehnt, während er zusah, wie die Villa brannte.

Ich träumte, dass ich durch leere Korridore lief, durch eine Unzahl von offen stehenden Türen, die in andere Zimmer führten, in denen auch niemand war. Überhaupt niemand, und ich hatte Angst.

In diesem Moment wachte ich auf. Der Onkel war nicht mehr da.

39

Es war beinahe hell. Die Villa rauchte. Baby und ich gingen hinein. Die zersplitterten Spiegel reflektierten das Tageslicht, das vom Himmel durch die Balken des verbrannten Dachs hereinschien.

Dort lagen sie. Und der Onkel neben ihnen.

Baby beugte sich hinunter, um den Onkel anzusehen, aber sie befleckte ihr Kleid mit Blut.

»Schläfst du?«, fragte Baby den Onkel.

Sie beugte sich über Marie.

»Marie?«, sagte sie. »Katchen?«

Baby bückte sich zum Onkel hinunter. Sie sprach mit ihm.

»Er antwortet nicht.«

»Sie antworten nicht …«, und sie begann zu weinen und zu schreien und trocknete sich dabei die Tränen mit ihren blutverschmierten Händen ab. Dann brach ich in Tränen aus und begann auch zu schreien.

In dem Moment kamen die Bauern herein und nahmen uns mit.

40

Liebe Baby und liebe Penny,
erinnert euch an mich, Katchen, Annie und Marie und an die Ratschläge, die wir euch gegeben haben. Verzeiht mir, wenn ich ein wenig streng und manchmal schroff zu euch gewesen bin.
Es umarmt euch ganz fest

Euer Onkel Wilhelm

P. S. Tragt keine Trauer.

Als Pippone uns dieses Stück Papier brachte, das er neben dem Onkel gefunden hatte, weinten Baby und ich. Die Bäuerinnen hatten die Toten gewaschen. Vittorio hatte aus den Türen der Villa Särge gemacht. Die Frauen beteten und klagten mit den Worten: »Jesus, Jesus, nimm sie in den Himmel zu dir...«

»Aber der Herr Padrone hat Selbstmord begangen, und Selbstmord begehen ist eine Sünde, und deshalb können sie nicht neben unseren Toten auf dem Friedhof begraben werden. Seine Frau und seine Töchter schon, die waren getauft, aber er glaubte ja nicht einmal an Gott, und er war auch kein Christ und nicht getauft …«

»Er ging nie zur Messe.«

»Hier können wir den Herrn Padrone nicht begraben, aber auf dem Friedhof hat er auch nichts zu suchen, er ist ein Selbstmörder …«

»Dazu braucht es die Genehmigung vom Bischof …«

»Wer soll denn zum Bischof gehen bei dem Kanonendonner!«

»Das ist wirklich kein schöner Sarg, der arme Herr Padrone, ausgerechnet er, der sich einen von den eleganten Särgen hätte leisten können, einen mit Zink innen und Nussbaum außen, aber ich habe getan, was ich konnte, nicht wahr, die Fräulein?«, wandte er sich an uns, und Babys Weinen wurde noch stärker, und ich umarmte sie.

In diesem Moment kam der Pfarrer angerannt, ganz außer Atem. Baby klammerte sich an sein Gewand.

Die Bäuerinnen standen weinend und klagend auf. Eine Alte sagte: »Es geht nicht, wir dürfen nicht zulassen, dass er bei unseren Toten liegt.«

»Warum nicht?«, fragte der Pfarrer und drückte Baby und mich fest an sich.

»Weil er kein Christ ist und ein Selbstmörder …«

Der Pfarrer dachte nach.

»Dazu braucht es die Genehmigung des Bischofs«, sagten sie.

Pierino und Zeffirino kamen herein, die Arme voller Blumen. Sie gingen über die zersplitterten Glasscherben.

Der Pfarrer setzte Baby ab und sagte: »Sind die Ochsen angespannt?«

»Ja, Herr Pfarrer«, sagte Pippone.

»Dann los.«

»Wohin?«

»Zum Friedhof, beerdigen wir sie.«

»Auch den Herrn Padrone?«

»Ja, auch den Herrn Padrone.«

Der Pfarrer ließ die Särge auf den Karren laden, aber die Bauern weigerten sich, den Onkel auf dem Friedhof zu beerdigen. Also zog der Pfarrer allein los mit dem Ochsenkarren, den Hügel hinunter.

Der Pfarrer war hinter der Biegung verschwunden und schon nicht mehr zu sehen, als Pippone sich aufmachte und alle Männer und auch die Frauen mit Baby auf dem Arm zum Friedhof hinuntergingen.

Der Pfarrer betete.

Baby ging zu ihm: »Kommt der Onkel jetzt in die Hölle?«

»Die Hölle ist nur für die Bösen«, sagte der Pfarrer.

Die Bauern wollten uns mitnehmen, aber sie mussten uns mit Gewalt vom Grabhügel wegzerren.

»Wir bleiben hier«, brüllte Baby.

»Wir bleiben hier. Wir bleiben hier bei ihnen«, sagte ich und klammerte mich an der Erde fest. Und ich begann zu schreien.

41

Baby und ich waren auf dem Friedhof.

»Nicht weinen, Baby.«

»Ich weine nicht mehr, wenn du nicht mehr weinst.«

»Schau, ich weine nicht mehr.« Und ich trocknete meine Augen.

Baby beugte sich über den Grabhügel und rief: »Annie? Marie?« Sie hielt ein Ohr an die Erde.

Dann fing sie an zu weinen.

»Sie hören mich nicht!«

Baby hob weinend den Kopf und starrte mit weit aufgerissenen Augen: »Schau, da ist Don Quijote.«

Don Quijote de la Mancha stand vor uns auf der Schwelle zum Friedhof.

Er war ganz dünn und lang und trug einen flachen Helm aus Blech. Seine langen nackten Beine staken aus kurzen Hosen hervor.

Wo war Sancho Pansa?

Don Quijote war allein. Er schritt voran, als gehe er auf die Windmühlen zu, und drehte sich mehrmals misstrauisch um. Er sah uns ein wenig verwundert an. Dann lächelte er das freundliche Lächeln von Don Quijote.

»Hello«, sagte er und kam mit der Lanze in der Hand näher. Auf dem Kopf trug er Zweige. Er beugte sich mit einem metallischen Geräusch zu Baby hinunter, so dass man glaubte, er werde gleich auseinander brechen.

»Hello«, sagte er. »Any Germans around?«

Sein Gesicht war voller Sommersprossen.

»Hello«, sagte Baby und machte ein kleine Verbeugung, während sie ihre Tränen trocknete.

Don Quijote kam mit seinem sommersprossigen Gesicht ganz nah an das von Baby.

»Who are you?«, fragte er.

»I am Baby and this is my sister«, sagte Baby nach einer weiteren Verbeugung.

Don Quijote sah mich und Baby an, sagte irgendetwas, was ich nicht verstand, und holte ein paar Bonbons aus seiner Jackentasche. Dann verschwand er auf seinen langen Beinen hinter den Büschen.

Er drehte sich mehrmals um und winkte uns. »Bye-bye!«

Baby lief den Pfad hinunter. Sie fiel mehrmals hin und stand wieder auf.

ICH WIDME DIESES BUCH meinem Onkel Robert Einstein, einem Cousin Albert Einsteins, meiner Tante Nina Mazzetti Einstein, meinen Cousinen Annamaria (Cicci) und Luce Einstein.

Sie alle ruhen auf dem Friedhof von Badiuzza, oberhalb von Florenz zwischen San Donato in Collina und Rignano sull'Arno.

Auf ihrem Grab steht »von den Deutschen niedergemetzelt am 3. August 1944«.

Meine Schwester und ich wohnten in der Villa, seit wir klein waren (unsere Mutter war gestorben) und wurden von der SS verschont, weil wir nicht Einstein hießen, sondern Mazzetti.

Jahrelang haben sie mit uns die Freuden des Daseins geteilt und uns ihre Liebe geschenkt, aber in der Stunde des Todes wurden wir getrennt.

Dieses Leben wurde mir nur deshalb geschenkt, weil ich »einer anderen Rasse angehörte«.

Alle Überlebenden kennen die Last dieser »Gunst« und zugleich das Bedürfnis, Zeugnis abzulegen.

Dieses Buch soll die Fröhlichkeit und die Freude schildern, an der ich während meiner Kindheit in dieser Familie teilhaben durfte, die mich aufgenommen hatte wie eine »Dazugehörige« – nur dass ich in der Zeit der Freude dazugehörte und im Moment des Todes nicht.

Dort auf dem Hügel ruhen sie, und ich gedenke ihrer.

Wer dort vorbeikommt, möge eine Blume für sie dalassen!

Rom, Mai 1993